艾文茵◎著

落花时节又逢君

重温那些美好古诗词

中国纺织出版社

内 容 提 要

那些文字穿越千年万年的烟波与风尘，在非彼的境况里依旧不失其风神。旖旎情思萦怀，绵骨柔肠绎出几多青睐；眷眷难当有时，泪墨为书，刻写一个人的海阔星沉；历尽摧折砥砺，霜天月凉能挨，不忍看梦里罗衣慢轻叹……千千万万人曾吟诵了千千万万遍，那熟络于心的行间字里是否也曾有你。

图书在版编目（CIP）数据

落花时节又逢君：重温那些美好古诗词 / 艾文茵著. —北京：中国纺织出版社，2017.3 （2017.6重印）
ISBN 978-7-5180-2908-2

Ⅰ.①落…　Ⅱ.①艾…　Ⅲ.①古典诗歌—诗歌欣赏—中国　Ⅳ.①I207.2

中国版本图书馆CIP数据核字（2016）第215067号

策划编辑：郝珊珊　　责任印制：储志伟

中国纺织出版社出版发行
地址：北京市朝阳区百子湾东里A407号楼　邮政编码：100124
销售电话：010—67004422　传真：010—87155801
http：//www.c-textilep.com
E-mail：faxing@c-textilep.com
中国纺织出版社天猫旗舰店
官方微博http：//weibo.com/2119887771
北京通天印刷有限责任公司印刷　各地新华书店经销
2017年3月第1版　2017年6月第2次印刷
开本：710×1000　1/16　印张：15
字数：122千字　定价：35.00元

前言

与诗词的相遇也可以是惊心动魄的华丽，短短几句便足见文字最奥妙的张力。像是剥落的城墙重归完好；像是一轮红日西升东落；像是散了又聚的云；像是溯源而归的水……山河没有了时序，此时的、历史的都在你的眼眶里，是隙中驹，是石中火，也是梦中身。

诗词能带来的除了惊艳还有熟稔，你不知道是哪里来的默契，好像千百年来文字就该是这般端然的有序，明明初初一面却犹如故衣附体，那么熨帖、那么宁静。

可至刚也可至柔，可平顺也可尖刻，可亲和也可毁辱。

同一片夜色里可以是“满船清梦压星河”，也可是“江湖夜雨十年灯”。

同样流离在风波里，可以是“一张琴，一壶酒，一溪云”，也可是“胭脂泪，相留醉，几时重”。

同样的重逢在眼前，可以是“我未成名君未嫁”，也可是“落花时节又逢君”。

同样的鸳鸯两散，可以是“落花人独立”，也可是“况复远思君”。

同样的恩深义重，可以是“君埋泉下泥销骨，我寄人间雪满头”，也可是“天地肃清堪四望，为君扶病上高台”……

生命逃不脱老死的限制，但文字可以流传千古，温暖抑或萧索从不受季节的拘囿，人间可是近到贴身的贞亲，也能遥不可及隔着浩渺银河。

灯火里、冷风里，甚至你不曾注目的黄土里都会藏着诗人们缄口如瓶的秘密；箫声里、鼓瑟里，甚至被你忽略的叹息里都曾是一方韶华极胜的秘境。

多少不曾染尘的青衫成了风雨满身的客袍；多少缠绵悱恻的红衣佳人成了短松冈里的梦中人；多少白马玉鞭少年郎对着夕阳残晖栖身江海；多少白衣送酒断金交输给了翻云覆雨手……

分明是碎了满地的辞藻，总有人能妙手拼成华章；分明是世俗的过客，总有人能登高一呼，喝出澎湃千万年的磅礴；分明是寻常的人间，总有人能在风马里扬着风幡冷眼看风涛……

行走的旅人、流浪的痴人、痛哭的离人、孤独的行人、泪眼的故人……他们都曾拥有同一个名字——诗人。

目录

第一章

倦眼欲与花同眠：那些漂泊的天涯羁旅

1 作个闲人　乐尽天真

行香子

苏轼

清夜无尘，月色如银。酒斟时、须满十分。
浮名浮利，虚苦劳神。叹隙中驹，石中火，梦中身。
虽抱文章，开口谁亲。且陶陶、乐尽天真。
几时归去，作个闲人。对一张琴，一壶酒，一溪云。

苏轼说世事一场大梦，沧桑历尽后人反而达观了起来。

晓行暮宿、宦海沉浮，为人构陷、一贬再贬，亲见过多少丑恶的嘴脸，也曾在流放之路泥足深陷，看破多少奥援有灵的钻营，旁观过几度政以贿成。

正因为他是苏轼，哪怕他谙熟所有的所谓规则，哪怕尽可机关算尽搏功名，再不济也能充耳不闻见溺不救，可他那天生的一颗七窍玲珑心又总是不饶不依，呼唤着：“轻手，轻手，居士本来无垢。”

他酿酒，并饮酒成瘾；他擅行、楷书，笔势尽展法度；他无肉不欢，也爱参禅打坐；他身陷“乌台诗案”，仍旧笔耕不辍；他的道德只拘束他自己，却宽恕着别人；他是士大夫，是佛教徒，是以文章而名天下者，也是最平凡的耕稼陶渔人。

最为难得的是，无论将苏轼置于怎样的境况里，都不能灭他那种蓬勃的精气：好的坏的，坦然面对、照单全收。在你以为他已被催逼得渐行渐远、踪迹杳然的时刻，他只作淋了一场无防备的雨，而后满身花雨又归来，而后一蓑烟雨任平生。

人们崇拜他、倾慕他，便也难免神化了他。事实上，苏轼并非生来豁达无争。道理如同见多了生死，也便把一生一死视若了一来一往的平常。经历是可以荡平人的锐气与哀婉的，多几番经历，也往往等同于多看透了几层道理。

宿命希望他活得透彻，所以不愿轻易予他顺遂，为官如此，为人夫也是一样，历尽了离恨与郁郁。在官场上，他三起三落，最终客死他乡；在生活里，他相继痛失三位伴侣，最终鳏夫独居。

与第一任妻子王弗的缘分始于在中岩书院读书时，苏轼的老师名为王方，是王弗的父亲。

在中岩书院附近有一泓未名的绿水隐匿林间，偶有清风拂过，掠起层层波纹，看得人心荡神迷。苏轼得闲便会来此流连，玩性大发地用力叩掌，引得岩穴中的鱼群闻声骚动，纷纷朝着声音的方向游来。

王方也极爱此地，于是便在某个踏春日邀来诸多文人雅士及自己的得意门生，给此水题名。为求高雅牵强附会者有之，游离其宗落入窠臼者有之。在王方看来，大多的投笔都并非见心见性，那些所谓才子的才情也未免名不副实。

直至看到苏轼的答案，只短短三个字，“唤鱼池”，既雅且新，有声有色，王方不禁拍案叫绝。受到夸奖的苏轼正忙不迭地自喜着，却见王方的女儿王弗遣身边侍女也送来了题名，“唤鱼池”三个大字跃然纸上，隽秀而醒目。举座皆惊，大赞：“不谋而合，韵成双璧。”此事过后，惜才的王方便将女儿王弗许配给了苏轼。

王弗温婉娴静，婚后的家事都被她打理得井井有条，此外，她还是苏轼最得力的助手。刚嫁给苏轼时，苏轼只知王弗是识字的，却未料到她也曾读过百卷书。每每苏轼挑灯夜读时，王弗都会陪伴身侧，研墨温茶。

若是苏轼有遗忘或不解处，王弗便会从旁点拨，像是位有大智慧的扫地僧，只给些提醒，却从不拨云见日，故虽不会被她醍醐灌顶，学识却可与日长进。各色的书，王弗仿佛都有见识，若是苏轼夸奖，她反倒谦逊了起来，说仅是一知半解，有愧谬赞。

“乃知天壤间，何处不清安”，与王弗的相处就是这样，她给人惊喜与温存的方式都是平铺直叙的。她以为好女子便是要做到平顺，于是她便用最温和的火候调理家庭这道餐点。

原本王弗的骨子里也是热衷掌控的，她会躲在屏风后面，听客人与苏轼的谈话，待拜访者离去后，她则告知苏轼来者是为弹冠结绶还是人心叵测。她心思深重，却也只为苏轼所劳。王弗是苏轼生活的老师，也是他灵魂的伴侣，他们之间没有太多风花雪月、缠绵悱恻，但谁敢否认平淡也是另一种伟大。

在与苏轼相知相守的第十一年，王弗辞世，留下一子苏迈，刚满六岁。苏轼将王弗葬在了母亲的坟旁，并在安葬王弗的那座山坡上，亲手植了三万棵青松。

王弗去世的第十年，苏轼再度梦见亡妻，于是他写下了那首被传诵千年的悼词双璧之一《江城子》：“十年生死两茫茫，不思量，自难忘。千里孤坟，无处话凄凉。纵使相逢应不识，尘满面，鬓如霜。夜来幽梦忽还乡，小轩窗，正梳妆。相顾无言，惟有泪千行。料得年年肠断处，明月夜，短松冈。”

你我黄土之隔已是十载光阴，我们互相想念却又无从相见。我本忍着不去想你，可思念在晨曦或是月夜里不请自来，我对你终究是难以忘怀。你永远寄身在遥远乡里，而我却踟蹰客地，没了最懂我的你，我的心事还有谁能开解。你去，或是我来，总之这世间欠我们一场相见。可再看我这满头的霜雪，我这满面的尘埃，只怕纵是相见，你也已识不得我如今模样，而你却永远美丽地定格在我记忆里。

说来怕你笑我只知儿女情长，你不知你曾多少次入我梦乡，我梦见你在小窗前对镜梳妆，那真切的画面带我回到了十年前每一个有你的清晨。我们凝望着彼此，纸短情长，你应懂我的泪千行。我为你种了三万棵青松，让那明月照着你，让那松树伴着你，就像有我在这里永远牵挂着你。

后来，苏轼娶了王弗的堂妹王闰之，王闰之不似王弗有幸，她是在苏轼最为困顿失意的时光出现的，也是真正陪他颠沛流离的那一个，从“乌台诗案”到黄州贬谪，十六年间，从杭州到密州，再到徐州、湖州。王闰之曾跟着苏轼在连天大旱的蝗灾里灭蝗、沿着城墙拾救弃婴、挽起裤管挖采野菜……

但无论生活如何困苦，她仍是将嫁给苏轼视为自己此生最大的幸运，那时的姑娘家不兴有什么名字，就连苏轼的母亲也只被唤作程夫人，苏辙的妻子更是被叫了一生的史氏。而王闰之不同，苏轼不但为其取名“闰之”，更让她有了自己的字：季璋。此等权利在旧时，唯有男人可享，可见苏轼是重视闰之也敬闰之的。

王闰之陪伴了苏轼二十五年，为苏轼生苏迨、苏过二子，并视王弗之子如己出，“妇职既修，母仪甚敦”。王闰之是个不懂抱怨的人，赤脚耕田、栉风沐雨皆不能去她欢颜。哪怕后来苏轼再度策名就列，飞黄腾达，王闰之也依旧如闲云流水，声色不改。陪他耕织的是她，每日迎门的是她，布衣韦带也不怨他，行返丘园也不弃他。

后来，王闰之在汴京染病去世，苏轼亲写祭文：“已矣奈何，泪尽目干。旅殡国门，我实少恩。惟有同穴，尚蹈此言。”为践“同穴”之诺，王闰之的灵柩被停放在京西的寺院内，直到十年后，与苏轼同在客乡合葬。

最后点缀苏轼生命的女子，名叫王朝云，是位西湖名妓。彼时苏轼被贬为杭州通判，某日，他与几位文友共游西湖，并在宴饮时找来歌舞班助兴。台上的舞女们个个美艳妖娆、浓妆艳抹，台下的看客们也都把酒持螯、放浪形骸。

在众多舞女中，有一女子因舞姿高超显得尤为出挑，苏轼的目光始终追随于她。直到丝竹声将歇，舞女们被安排侍酒，苏轼仔细一看，身旁的女子竟正是群芳中最为夺目的那个，只是她换了素服、卸了浓妆，唯有轻启的朱唇上还留着一抹亮红，这般的清丽可人，实不该是烟花女子应有的面目。

苏轼与她交谈了几句，得知她叫王朝云，自幼家境贫寒，身世可怜，不得已才沦落风尘，便对她更为怜惜。那天，苏轼始终兴致颇高，于是他写下了“水光潋滟晴方好，山色空蒙雨亦奇。欲把西湖比西子，淡妆浓抹总相宜”，是写西湖，也是写身旁的女子。

解人难得，王朝云是懂苏东坡的人。在苏轼被贬惠州时，王朝云也一路相随。苏轼最爱听她唱《蝶恋花》，可朝云每到唱至“枝上柳绵吹又少”时，都会哽咽而止，而后泣如雨下似五内俱崩。东坡问起缘由，她只道不敢续唱，因为下一句是“天涯何处无芳草”。

的确，他们两个都是漂泊的可怜人，身是柳絮，却不知哪一处才是可容他们栖身的芳草，而故乡，只能遥望。苏轼比她还要感伤，却仍旧笑着劝她：我正在悲秋，而你又在伤春。世人都羡慕他是个诙谐的乐天派，只有他自己清楚，所谓洒脱看透，不过是无奈之下的自我救赎罢了。

某日吃食毕，苏轼抚着肚子，问身边婢女可知腹中为何物，一人答都是文章，又一人答都是学识，苏轼对她们的谄媚通通不以为意。问至朝云，她则道：“学士一肚子的不合时宜。”苏轼大笑道：“知我者，唯有朝云也。”

朝云还为苏轼生下了一个儿子，苏轼为其取名“遁”，意喻遁世、归隐。老来得子的苏轼对小儿没有任何大的祈盼，唯愿他一生平安：“人皆养子望聪明，我被聪明误一生；唯愿孩儿愚且鲁，无灾无难到公卿。”只可惜在他羁旅途中，刚满半岁的幼子因中暑不治，夭折在了朝云怀里。那可怜孩儿的眉眼，早已有了几分苏轼的模样。可叹，苏轼连这最卑微的祈愿，也未能达成。

再到后来，朝云也因染病离他而去，他切齿，这一生究竟要有多少次告别。苏轼在朝云墓上筑了六如亭，并亲写楹联：“不合时宜，惟有朝云能识我；独弹古调，每逢暮雨倍思卿。”自朝云死后，苏轼终生不再听昔日最爱的那首《蝶恋花》唱词，并一直鳏居至死。“天女维摩总解禅”，可惜这世间再没有了他的天女维摩。

苏轼为朝云所写墓志铭只短短百字，写她是钱塘人，写她故去的时辰，写她何日入门，写她身栖寺之东南。而悼亡的话，苏轼却只字未提：“浮屠是瞻，伽蓝是依。如汝宿心，惟佛之归。”对朝云，无有赘言，他只剩性命相见。

“推手从归去，无泪与君倾”，此生的泪水都已流干殆尽，再没什么眼泪能够为你。

得一贴己者，而后从她的视角重看自我、重看天地万物。虽身世浮沉，但苏轼终是幸运的，因为一直都有人爱着他。

雪堂的西侧有泉鸣，山坡上有长亭，小溪横在门前，北山微倾，此间宛似昆仑仙境，更胜似斜川当日境。他多像陶渊明，走遍了人间，却躬耕一田园。昨日的东坡又下了一场春雨，乌鹊喜，报新晴；人老矣，寄余龄。

把人生都泡在杯酒里，斟酒时，须满十分；且陶陶，乐尽天真……

2 未言先醉　转身天涯

忆江南

白居易

江南忆，最忆是杭州。

山寺月中寻桂子，郡亭枕上看潮头。

何日更重游？

在长安的初初一面，他们一见如故……

那时，白居易和元稹一同参加由吏部举办的考试，他们一同备考，一同通过，一同被授予校书郎职位，一同春风得意马蹄疾，一同看尽长安花。那是最为快意的年岁：吟诗斗酒，知己在侧，他们都有同样的政见与主张，他们励志赤心报国，所有关乎文人所追求的最极致的乐趣，他们都在那时拥有、达成，未言心相醉的况味便也在那时一一体味。

只可惜不久，便是匆匆别离。毕竟荒诞不经的现世怎会轻易予人长久的温存，更何况正是那重重离情别绪的累积才会让人更为情牵意绊、笃思绵远。

各自官升一级的元白二人，被朝廷在两地委任了不同的职务：元稹奉使东川，白居易则留在长安。分别的前夜，二人持酒遣怀，推杯换盏直至整个长安城的灯火尽熄，白居易装了满腔的不舍与叮咛，却只唤出了一声安好珍重。元稹是解味之人，往往越是一言难尽的，他便越能一一领悟。

再之后，已记不得那是与老友作别的第几日，白居易和弟弟在曲江同游，大雁塔、曲江池、大唐芙蓉园，眼前种种尽是长安至美的风景，可白居易的眼神总是游移，犹记得上一次他是与元稹偕游此地，他们对酒当歌，道着人生几何。反观此时，却只剩他自斟自饮这杯酒，哪还顾得上周遭什么杨柳依依或是雨雪霏霏的美景。酒饮微醺，白居易仿佛忽地被哪一方神明唤起了诗兴，他提笔写下：“忽忆故人天际去，计程今日到梁州。”远去的你那般步履匆匆，我在此地，你往天际，算来今时的你已身在梁州。

远在他方的元稹也确是心有灵犀：“梦君同绕曲江头，也向慈恩院院游。亭吏呼人排去马，忽惊身在古梁州。”远行中的元稹，果真逆旅于梁州，还恰巧梦见了与白居易同游曲江的画面：二人吟诗唱和，好不快活，却正是意兴盎然、流连忘乡时分，只听一声亭吏的吆喝，生生将元稹从梦中惊醒，恍惚了半晌，他方得回神，意识到此时的自己已是身处梁州。

戚戚无奈间，他与白居易竟在同日同时作诗，并默契地写下“梁州”二字。二人可谓梦魂交互、千里神交。白居易的弟弟白行简在得知此事时，不禁啧啧称奇，还将这段逸事写进了文章《三梦记》中。

相隔着千里万里，元白二人的情谊却不曾有一丝的疏离。后来，元稹因遭宦官污蔑被贬为通州司马。在那之后的第五个月，白居易也因直言进谏开罪了皇帝及当道宦官被贬为江州司马。

而白居易离开长安去往江州的路线正是前不久元稹被下放经行的路径，行进途中的白居易百感交集。在行至蓝桥驿时，他倍感劳顿，便下马休整，踱步间恰巧发现了昔日元稹在驿站墙柱上所题《西归》绝句。当那熟稔的字迹再次跃然眼底，白居易只觉所有的神经都在被慢慢蚕食，竟瞬间感知了一切哀怨与喟叹的起始，生而为人真是辛辣又纠葛的体验，往日少年，今已苍颜，陡转直下的除了这一身躯干还有时也命也。

白居易提笔，在《西归》旁写下：“蓝桥春雪君归日，秦岭秋风我去时……”那日你走，春雪为你加衣送行，铺了一地的银白在无声中融入大地，催生着一片又一片早春的新绿；今时我去，秋风推着我前进，衰黄的落叶枯荣随岁，我的眼底再没有了一寸生机。你我的命运都一样充斥着波涌，我们都在风雪中各自独行，世事真是弄人，我们竟一同从那春风得意沦为了迁客羁旅。

题罢，白居易在愁云惨淡中继续赶路，为过汉水，他不得不踏上一叶小舟，那小舟孤零零地在水面被波纹怂恿着招摇，毫无休止又满是绝望，白居易不免苦笑，这小舟多像他，一生在宦海沉浮摆渡，毫无休止又充满绝望……

入夜，伴着影影绰绰的烛光，白居易读起了元稹寄来的诗卷，每一首他都反复体味，不知究竟读了几遍。直到东方欲晓，他才意识到自己已是一夜未眠。

而此时远在通州的元稹因无法适应当地的气候，生了很重的疟疾，终日卧病在床，病中的他在得知老友也被贬谪的消息时，极度愤懑震惊。愁苦哀思一并涌起，顾不得病弱之身，他用尽仅有的气力写信寄给了白居易：“垂死病中惊坐起，暗夜吹雨入寒窗。”数日后，白居易回信道：老友啊，你这一语“垂死病中”，怕是不相干的人都不忍回视，况复是我啊！收到白居易的回信，见信如晤的元稹当即痛哭，妻女见状皆是手足无措，但在得知是江州司马的来书后，便都一声叹息。毕竟能让元稹如此失态的，也只有白居易了。

在五十三岁那年，元稹暴死于武昌，噩耗传至远在洛阳的白居易处，他那方已是“一恸之后，万感交怀”。是年八月，元稹的灵柩途经洛阳，白居易前来祭奠，并作哀词两首。直至九年之后，元稹仍能真切地出现在白居易的梦中：“君埋泉下泥销骨，我寄人间雪满头。”一首《梦微之》，他横跨了九年的光景：你的肉身已潇洒地融入了泥土，我却羁留人间白发满头。犹记得那年你写信予我，自责着“我今因病魂颠倒，唯梦闲人不梦君”，你可知我有多羡慕你并未日夜被思念填满负累，你可知“三更梦君”于我总是苦痛折磨。

溯回时光，逆着年岁的流转回望，那是元白二人均在浙东一带任职的时期。重重机缘使得他们契阔重逢，元白二人相约同游西湖：风清月白伴着吴侬软语，漫天都是化不开的桂花香气，箜篌女子弹着《箜篌引》，堤岸的乡里唱和着民谣渔歌，那里白日是温情，夜色是暧昧。

孤山寺北的水面初平，早莺春燕都忙着各自的营生，百花美轮美奂着争奇斗艳，轩窗和飞檐都被悉心雕琢得惊艳……在这里无论人或是物都充满着仔细认真却不谨小慎微，他们想让一切都变得极致美好，而后在全力塑造的盛景中永远沉沦。这漫天风物，多一丝则显逾越，少一丝则显暗淡，正因为所有恰到好处的分寸组合，才使得西湖成了世间至美，让他们时时难舍难离。

白居易一生写下三千六百余首诗作，其中二百余首是为西湖而作，在他任满离杭时，元稹帮他保管了全部作品，并编成《白氏长庆集》五十卷，以飨后世。

古稀之年，白居易追忆往昔，写下了三阕《忆江南》，闻名遐迩的总是那句：“江南好，风景旧曾谙。”可想来承载最多的应还是那阕“江南忆”的“何日更重游”，那是说与元稹听，他多想与他故地重游。

总是怕离人，却又处处离人，人都说相思无益，却终究行难知易。

转眼千年，元白二人已经各自隐去，可他们的情谊在山河的年岁里始终熠熠生辉。有些人性总是伟大，伟大到可以不染纤尘；有些人心总是纯粹，纯粹得无论多少污浊沾染也玷污不了最初的真挚。人生自是有情痴，无论爱情抑或友情。

入夜，白堤上袭来清风一阵，有人早已入梦，有人却携起手来重归大唐……

3　春风桃李　江湖夜雨

寄黄几复

黄庭坚

我居北海君南海，寄雁传书谢不能。

桃李春风一杯酒，江湖夜雨十年灯。

持家但有四立壁，治国不蕲三折肱。

想得读书头已白，隔溪猿哭瘴烟滕。

“桃李春风一杯酒，江湖夜雨十年灯”，有人说这是人间最寂寞的一句，让人连安慰都无从启口。也有人说“灯”字用得意境全无，总是显得曾有人陪，也有人等。还有人说改成“百年灯”会让孤寂加倍，像是在用一辈子赌一场烟火。

可反复咀嚼，你会发现还是原本的最好：曾与故人在耀着光影的桃李下薄酒相品，春风把所有礼教的束缚吹得轮廓全无。就这样，没有章法，也没有风波，那是专属于两个知心者的清平世界，尽情风流与放逐便是他们世界里的唯一秩序。

再来一别十年，江湖落魄，一方北海一方南，中间隔着跨不过的波涛。待潮汐退后，只余下他一人对这江山有思，再点上那一盏点了十年的灯，再写下那一首思之如狂的诗。每记起一寸旧时欢喜，便可疯长出千百倍的寂寞，他本不是空谈之辈，却再不执着于恩怨江湖。

若论是回忆从前的“一杯酒”更寂寞，还是独对当下的“十年灯”更寂寞，我也总是说不好。道理就如同有僧问巴陵显鉴禅师：“如何是提婆宗。”巴陵云：“银碗盛雪。”你说不准哪一物更晶莹纯粹，更不能说是谁因谁而显。这两句诗也一样，它们同宗同源，本就是因并在一起才生的极致寂寞。

年轻的黄庭坚多爱作“艳”诗：在《定风波》中有“玉人纤手自磨香”，写给在晚宴上为他端汤送水、短歌长舞的丫鬟们。在《满庭芳》中有“樽俎风流战胜”，写一派醉玉颓山，写暖昧文君未寝。在《千秋岁》中有“齐歌云绕扇”，写风流的苑边花外，写酒池旁的狼藉杯盘……

直到机缘下遇上法秀禅师，禅师知黄庭坚腹载五车却只作艳情之词取悦世人，如见原本的玉树芝兰不材不秀，不禁呵斥他道：“大丈夫翰墨之妙，干施于此乎？”一语如同棒喝，听得黄庭坚汗颜无地。

自禅师警策后，黄庭坚便开始追随禅师学着“养心去尘缘”。因智珠在握，加之禅师从旁提点启智，没过多久黄庭坚便浮花浪蕊都尽，他的笔力也终于有了禅境的风气。

开悟后的黄庭坚在自家府衙后的竹林里修建了一座凉亭，并在亭中石碑上亲题：“似僧有发，似俗脱尘；做梦中梦，悟身外身。”天意本不增不减，他则在不疾不徐的参悟中与之无限贴近。

在修水县志中还载录了这样一个故事：二十六岁的黄庭坚在得中进士后就被朝廷任命为知州。某天，他在衙内午睡，梦见孤身一人走在阡陌纵横的田埂间，不远处有一满头银白的老媪，正捧着一碗热腾的芹菜面站在家门口的香案前，口中不停叨念，像是在做着祷告。

眼前的乡野景象让黄庭坚感到莫名地心安，虽不曾至却是似曾相识，就连那老媪的眉眼他竟也有道不明的熟稔之感。待老媪离去后，黄庭坚不自觉地走近了香案，自然而然地端起那碗仍冒着热气的芹菜面，大口吃了起来。仍是他熟悉的味道，灌了满口的软糯混着清爽，芹菜打牙的口感喷出了汁水，味蕾的机关被轻易触动，喷薄出的则是满腔莫名的乡愁。

一碗面被风卷残云地见了底，回过神来的黄庭坚对自己的举动有些惊诧，他吃了祭品，犯了忌讳，行了诸多不宜，可为何打心底生出的却是理固当然的念头。

原野上本散落着多户人家，却不见一人往来出没，除了刚刚所食的芹菜面，这里再没一丝世味烟火的味道，着实诡异。他听着自己有节奏的心跳，在本该魂胆俱动的时刻仍难得地安之若素。

待到黄庭坚醒来时，梦境与现实被纠葛在了一起，难以分明，口中竟还有芹菜的清甘，他甚至能清晰记起梦中香案上的纹路和乡野上的茅屋。黄庭坚揉揉眼只作一糊涂事，并未同庄公那般纠结于到底何真何幻。

转天，同样是午睡时分，黄庭坚竟又做了个一模一样的梦，醒来，还是满口的芹菜香。这次他再不能说服自己含混而过，为探究竟，黄庭坚随意披上件衣物便顺着梦中所行的窄路走去。

当梦里熟悉的村落真实出现在眼前时，他打了个冷战，追根究底的意念吞没了恐惧，推着他向更远处探寻。手还未叩上柴扉，一老媪便拉开了吱呀作响的户门：他在梦中真的见过她，她则不认得他。

黄庭坚单刀直入，问那老妇人是否曾煮面放于门口香案，老人本就混浊的眼睛又暗了几度，她说昨日是她女儿的忌日，因女儿生前最爱吃芹菜面，所以她便有每年这天都煮碗面唤女儿亡魂来吃的习惯。

黄庭坚又问那老媪她的女儿死了多久，答已是二十六年期，黄庭坚闻后沉默了很久，他不会记错——二十六年前的昨日正是他的生日，他最爱的食物也是芹菜。

老媪许久都不曾有人对话关心，像是要把一肚子言语都倒尽似的，她说自己的女儿很是孝顺，生前吃斋信佛，尤爱读书，可惜错托了女儿身，纵是读破了万卷书也成了屠龙之技无地用武。她女儿还曾在病死前对着菩萨发愿，说是来世定要为男儿，要做大文学家。在老媪说到女儿死前曾承诺过定会回来看她时，挂在眼睑上的泪珠反射着正午的阳光，把黄庭坚的眼睛刺得生疼，疼得他竟也流出了泪来。

黄庭坚跟着老媪进了她女儿生前所居的闺房，仍旧是夹杂着恐惧的亲切，从床铺到桌椅，从烛台到小窗，就连所有摆件的位置都令他倍感亲切。

黄庭坚走到靠墙的大柜前，隔着紧锁的柜门抚摸了良久，他问那老媪里面装的是否是书，老媪点头，说都是女儿生前看过的书，只是不知女儿把钥匙放在哪里，这个柜门已经二十多年没被打开过了。

黄庭坚在屋内转了一圈，不知从哪摸出了钥匙。打开柜门后，他发现里面的书他竟也通通读过。除了书外，柜里还有成摞的手稿，纸上笔画开张、字形扁阔，像极了他的手笔。再细一端看，黄庭坚发现自己多年所作文章竟也全在这里，且一字不差。

身旁的老媪睹物思人、涕泪肆流，嘴里仍不忘叨念着：“她说会回来看我的，会来看我的。”黄庭坚将手中书稿小心放好，而后扑通跪拜在地，满眼泪水地说着自己便是她女儿的转世，他真的成了大文学家，也真的没有食言回来看她了。

后来，黄庭坚把这老媪接到了自己的府衙同住，并称其为母亲，奉养了终身。他写下了“参梦中梦、悟身外身”之语，或许便与此事相关。

自作《发愿文》戒除酒色后，黄庭坚的诗便格外清明：“山又水，行尽吴头楚尾。兄弟灯前家万里，相看如梦寐。君似成蹊桃李，入我草堂松桂。莫厌岁寒无气味，余生今已矣！”五十二岁的年纪，他远谪黔州，家在万里，是吴头楚尾之地。

家弟穿过程程山水而来，经年之别，不染他白衣胜雪。多少艰险离乱历尽，再重逢却只有相顾无言，唯恐是一场梦寐承受不了一语问候的重量。家弟是桃李不言，胸襟似海、志气如风；他则是草堂松桂，王谢风流尽，只剩荒烟冷寂。期望家弟的英气必要终生秉持，也劝弟莫要嘲嗤寒岁无了生气，谁教他的今世只能已矣，又将余生都寄在了沧海里。

黄庭坚此诗虽写在晚年屡被贬谪时期，可通篇都不道他的慆慆惕惕，反而是在当世得失面前生了一种舍然大喜。

六十岁的黄庭坚死在了宜州贬所。清明时节，正是桃李花期，缤纷落英散在野田荒冢之上。惊蛰已过了许久，惊雷却不绝于平地，春雨是草木的给养，也是撒给人间的眼泪。世上有卑劣如齐人者，曾在亡者坟前偷食祭品充饥，回家则指着嘴角的油水同妻子夸耀，说是富人请吃酒，盛情难却。也有坚贞如介子者，他割骨奉君，却又辞官不言禄，最终宁愿被山火烧死，也不贪图公侯富贵。

“贤愚千载知谁是，满眼蓬蒿共一丘。”忠骨与佞臣虽都被葬在了蓬蒿的一丘，他们生而为人的意义却大不相同。黄庭坚在写下此句后不久便溘然长逝，生前所大力参悟的禅宗思想也为他化开了此生最后一道谜题：有“常乐我净”之思便足可坦然以对无常万事。

从作“艳词”险堕泥犁，到不垢不净、似俗无尘；从积极入世，到淡泊远世；从空吟风清月白，到看山川草木皆是法身；从慨叹天地不仁，到平听波涛风雷，黄庭坚的心路也是那个时代多半文人的剪影。

至于他的前世今生之说，也可作广阔文明史观里暂且难掘的宝藏，但凡是美好，便都应维护，何况人世除了庄严，更该有新鲜。

好诗必要有生气，是将思想以流畅的线条刻落在纸上。像是叛逆能生出端正，像是三载也可是千秋。好诗是他的“出门一笑大江横”，更是他的“江湖夜雨十年灯”。

4 始闻秋风　刘郎又来

始闻秋风

刘禹锡

昔看黄菊与君别，今听玄蝉我却回。
五夜飕飗枕前觉，一年颜状镜中来。
马思边草拳毛动，雕眄青云睡眼开。
天地肃清堪四望，为君扶病上高台。

“人何以堪”的悲凉应该是这人间最难消受的滋味：盛景而后的衰败；顾盼自雄而后的江河日下；本是舍我其谁的锋芒毕露，却只消一夜的光景，已是荆榛满目。

桓大司马攀枝折条凄怆于江潭，慨叹着生如蒲柳，无论有常事或是无常事下它都羸弱易朽。《枯柳树》中的悲观论调，曾让多少善男信女们感同身受，再给本就维艰的人事平添了满钵的眼泪。

与之相较，再看刘禹锡的诗，历经“二十三年弃置身”的落魄，他仍旧是一副挽弓如满月的风姿，潇洒不羁多些，却丝毫不妨碍世人为他动容，再掬下一捧伤心泪。

各人所要行经的轨迹总有毫厘之差，可正是那分寸间的微妙才酿成了一种悲怆或是一种成全。于那个时代而言，刘禹锡虽被舆论与所谓的文化名人们众口铄金地口诛笔伐着，可那一切的非难都只有一个源头：在宦官当道的衰弱王朝，他站错了队伍。

刘禹锡与柳宗元都是王叔文一党，在王叔文被任命为宰相时，他们也都官居要职。为挽救被宦官把权的大唐王朝，他们开始逆洪潮而动，披肝沥胆意欲夺回宦官的兵权，并积极推行一系列法度：禁止宦官在宫内进行买卖活动。同时还召回为宦官所诬废的明相陆贽，欲让时下朝政重归清明。

可惜，大唐的天命如此，仁人志士们的宿命除去跟着江山一同倾覆，也再退无可退。宦官们终于开始了丧心病狂的反击：他们用药毒哑了皇帝，并逼迫他让位于太子。就这样，年幼的太子成了宦官们的傀儡，大唐的万里江山成了宦官们的风月场。王叔文一党的永贞革新彻底宣告失败。随后，贬逐的贬逐，流放的流放。一朝天子一朝臣，前一刻还风头无两，下一刻便羁旅下僚。

因参与王叔文的政治革新失败，刘禹锡被贬至朗州，任朗州司马，足足十年。后来，朝廷中又一股势力涌起，想重新起用刘禹锡及柳宗元等人，便重将他们召回了长安。

长安城内，玄都观的桃花开得轻佻。心随境迁，历经十年流放后再回长安的刘禹锡，不免重记起朝野上那些飞扬跋扈的嘴脸。他恨得切齿，连累得此间风景都变得面目可憎了起来。于是刘禹锡提笔赋诗：“紫陌红尘拂面来，无人不道看花回。玄都观里桃千树，尽是刘郎去后栽。”

刘禹锡行文飒爽，他将桃花比作朝中的新贵们，纵是再恃宠而骄、嚣张得意，也无非是自己的替代品而已。若他刘禹锡没被奸人所构陷、排挤，如今又怎会让这些狼子野心之辈有登堂入室的机会。

初入官场之时，刘禹锡曾被王叔文认定有宰相之器，有朝一日能成王佐之才。不知是他不屑于官腔官调，还是根本不懂所谓“官俗国体”。总之，刘禹锡的前途被他自己亲手葬送在了这首“桃花诗”上。

若是时时谨言慎行，不作这首《戏赠看花诸君子》，重被起用的刘禹锡或许真的可以重新来过：被量能授官，而后官久自富，可他偏不。刘禹锡的讽刺太过辛辣，连些可为自己开脱的余地都不留，世人都懂明哲保身的道理，而他偏要去挑战最大的“忌讳”。于是，刘禹锡因此诗被谏官举报，他还未看罢长安城里的花，便再度被贬逐南下。

池鱼林木，杜邮之戮，他心里一清二楚自己是因何遭了灾。

但他可是刘禹锡，是那个自比山中仙、水中龙的狂人，即使身在草野，也不同白丁交；哪怕住着破草房，仍称作南阳诸葛庐。贬谪便贬谪，这双肩曾经直面过多少风浪，也便不惧再多些什么风霜。

转眼，又是十余年光景，长安城内的权力斗争愈演愈烈，就连天子帝王都被换了又换。种种机缘下，刘禹锡再度奉调还朝。

故地重游，玄都观的桃花尽数败落。缘是花期已逝，旧日的妖粉冶艳通通归了尘土。放眼百亩道观，也只剩下些兔葵、燕麦还在招惹着西风。“百亩庭中半是苔，桃花净尽菜花开。种桃道士归何处，前度刘郎今又来。”刘禹锡又来了诗兴，这一次他是更加直白的奚落。

曾经，他多么渴望登上时局这艘巨轮，以一个守望者的姿态为江山黎民护航。可无奈那掌舵者一意孤行偏要驶向混沌之境，他无扭转之力却一再对抗僵持，终被人暗算，一个推搡便跌入了水底。他在旋涡里孤身周旋了二十余年，待风浪不再苦苦相逼，他才得以上岸。

晾干了一身客袍，还来不及悲伤便遥望曾经巨轮的方向。耳边传来渔人碎语：不知具体是何时，有一艘巨轮在靡靡笙歌里沉入了海底。生还者寥寥无几，而他，是最后上岸的人。他不会为逝者超度，更不愿给残骸任何凭吊，只是独自解开兰舟、撑起长篙，驶向了他最初所神往的霁月风光。他将荡在江面的渔舟唱晚都变奏成了讽刺，这一难是他曾在指尖捏算过的，他也曾告知船上人，可怜听者总是废耳任目。

“前度刘郎今又来”，终于，曾经煊赫一时的都已踪迹杳然，唯有他刘郎重归，结束了流浪。虽然代价是将他所有的英气荣光都在一贬再贬间耗尽，但他的悲哀里还是装着满满的得意。

生是有形，有形之物便必有限制，如花开花败，有繁盛也会有毁坏。可他的文字是无形的，是无论时代怎样变迁都不会磨去锋芒的尖锐；是毫无章法的运斤成风，将暗涌的卑劣都推上了台面。于是，他再一次触怒了他的死敌。

旧时，讲究平衡权术，一种势力的偃旗息鼓并非代表它彻底退出历史舞台，反而可能是在暗处积蓄着力量，意欲卷土重来，再掀起更高一层的风浪。刘禹锡的这首《再游玄都观》对敌党的朝中余孽势力而言，无疑是一种叫嚣。最终，针对他一人的血雨腥风又起，敌党的政客们将舆论的矛头再次指向刘禹锡，并搅弄风云，引得时下多数文人群起而攻之，最终，千夫所指的刘禹锡还是被朝廷弃用了。

“词赋从今须少作”，若是刘禹锡早早了然此理，应会少些磨难吧。人都知积毁销骨，他却说“莫道桑榆晚，为霞尚满天”。只要他还是这世上人，知这世上事，他便永远有着自己的坚守与信仰，哪怕一切都在沦丧，他还是坚贞坦荡……

好在还有三五好友的关怀，哪怕筚路蓝缕也不再显得那么辛凉。在巴山楚水之地，白居易曾为他引杯填酒浇灭他满腔腹诽，范张鸡黍太好过分朋树党。去国千里，他曾同柳宗元歧路相逢，一个正背负着不忠不孝的罪名流放，一个正因“直道人世”而连连遭贬，没人抱怨身世浮沉，唯叹天不见怜，着实委屈了对方。他们涕零如雨地互诉衷肠，转瞬又目断魂销、各自天涯……

刘禹锡与柳宗元的情谊着实是催人热泪的，在刘禹锡被贬为播州刺史之时，柳宗元同样遭到贬谪，被下放至柳州。想到刘禹锡还有八旬老母要随行奉养，柳宗元便请求朝廷与刘禹锡互换，要代他去更远、更为荒艰的播州。

后来，柳宗元带着满腔的郁愤弃世。哀伤之余的刘禹锡竭尽心力收集了柳宗元的全部遗稿，并整理成册。柳宗元的幼子也由刘禹锡接至身边悉心抚养。

野草间有星点的黄菊，我们去年便在那里告别。今年伴着蝉鸣我又归来，而你早已没了踪影。五更的风声作乱，折杀着我，沧桑了容颜。我看着战马辗转边境，我看着苍鹰垂涎青云，我看着征人枕戈待旦……这一切的一切都激发起我的豪情壮志，我意欲九天揽月，也期望经纶大展。可惜，如今的我已白发苍颜，天地肃清，我抱病登上高台。这羸弱之身藏着两个魂，一个是思你如狂的我，一个是弃我而去的你。老友啊，我是为你强颜欢喜，也是为你不惜肝脑涂地……

“人世几回伤往事，山形依旧枕寒流”，诗人的心是峻拔的山，胸藏丘壑，心性不驯，从不唯唯诺诺，敢抗争也敢承受。这人世间的变数，它想来便来罢，只是它太轻浮，不愿打上一声招呼。

人们都爱说往事历历，其实真正值得怀念的并非往事，而是能站在一个意兴阑珊的角度重新回看自己。值得细细品味的往往是当下心境，是洪水猛兽退去后的了无羁绊，是风烟残缺后的无关痛痒。

“沉舟侧畔千帆过，病树前头万木春”，二十三载蛰伏，“诗豪”始成……

5 春风十里　冷月无声

扬州慢

姜夔

淮左名都，竹西佳处，解鞍少驻初程。

过春风十里，尽荠麦青青。

自胡马窥江去后，废池乔木，犹厌言兵。

渐黄昏，清角吹寒，都在空城。

杜郎俊赏，算而今，重到须惊。

纵豆蔻词工，青楼梦好，难赋深情。

二十四桥仍在，波心荡、冷月无声。

念桥边红药，年年知为谁生。

偌大的家国天下都难逃兴亡更替的宿命，更何况紫气红尘之上的芸芸众生。道天意，说天机，无非一人一本糊涂账，多的是如泣如诉，少的是如火如荼。

落魄词人们大多都有着相似的经历：被时势催逼得狼狈颓丧，于举目无亲的他乡安营扎寨，最终本可在潦倒中释怀，却又陷入情天泪海，于是断雨残云，于是英雄气短。

江淮大地是词人的圣地，繁华时它有层楼高峙、桃叶绿丝，有豆蔻词工、青楼梦好，有夜夜笙歌、香袖瑶席。但当姜夔走入江淮，此间的一切早已不是旧日风气。

于姜夔而言，那是个糟糕的时代，金兵屡屡犯宋，他则是那“百无一用”的书生，眼见着胡马窥江，耳听着戍角连营。一座座城池被倾覆，一个个征人沙场埋骨，朱门绮户尽数破落，只留下乱山无数；腰墙雪老，蛩音吟壁。

而姜夔能做的无非是在那遍眼破败里遣怀，除了那一弯无声冷月，他也是这一切荣枯的见证者。他做不到月的冷血，却也因无能为力而只得同那月亮一样高高挂起。

二十三岁那年，他写下《扬州慢》，名噪一时，十里扬州都因他的文字而动情，他像是萧索里的温床，任善男信女们将眼泪与幽怨寄放，打碎时间的次序，一语“深情难赋”，惊艳也惊动了人天。

那日行至合肥，他解鞍下马，随意寻了家客栈歇下劳尘，客房的窗子被冷风吹得开合作响，桌子上积了一层厚厚的灰土，原本热闹的城南河畔人影稀疏，看得出来这里的生意必是惨淡经营。

姜夔坐在窗口，整理着追随他一路、不曾停泊的行囊，还有一首首尚未竣章的自制曲。手捧着桓大司马的“昔年种柳，依依汉南。今看摇落，凄怆江潭。树犹如此，人何以堪”，姜夔将这文字读了又读，多少年了，他还是逃不开人何以堪的无奈。本应是意气风发的时辰，他的诗词却愈发老辣辛酸。

的确，相较于悲哀，用“辛辣”来形容姜夔的青葱年岁更为恰切，就像一道端上桌的晚餐，所有本原的滋味都敌不过一味辛辣来得猛烈而直白。所有他本该好好体味一番的个中滋味，都被时局的一剂猛药打散，以致从志学之年起他的人生便只有辛辣，而无回甘。

笔走龙蛇，逼仄的境地总是能轻易激起他的诗意，姜夔在窗口赋诗，丝毫没察觉在对面的阁楼中有两位女子正偷望他写满沉思的清癯面颊。直到乐音入耳，他才从十二阑干里回了神。那对女子刻意以筝之流韵吸引着姜夔的注意，她们用琴音诉说着世间的兴废沧桑、恩怨炎凉，像是早知道对面的姜夔是个精通音律之人，更能轻易将她们流露的情愫拆解得澄明。

姜夔不禁看向不远处的阁楼，那一瞬六神皆颤的惊诧感让他永生难忘：两个女子端坐抚琴，除了淌出的乐曲与这人世有些瓜葛外，她们的美是犹如玄女仙姿那般冷艳得惊心动魄、不容侵犯。姜夔就那样看着，花谢花开、时岁不言，江河依旧、风月无猜，半生的意难平都在那一刻平复，他的确听懂了她们的琴声。

一夜无眠。转天，走出客栈的姜夔竟迎面撞见了那对女子，默契只在眼波流转间。他们各自报上身世姓名，原来那二位女子是一对姐妹，年幼便失去父母，孤苦无依，为求温饱，她们只得以卖唱为生，可在这连年的战火里，已许久没人有兴致来听她们的歌声。姐妹二人对姜夔早有耳闻，一阕《扬州慢》更是让她们烂熟于心。

风流才子、妙音佳人本就该是绝配。就这样，三人结为知音，南城的赤栏桥西，巷陌凄凉，他们试着彼此环抱取暖，这一秋也终于不再同往年那么寒凉。

在那一段客居合肥的时光里，姜夔为姐妹二人谱曲填词数篇，他写着“为大乔、能拨春风，小乔妙移筝”，尽是柔情温婉。三人还经常相约同游边城，看遍了鹅黄嫩绿，也看完了梨花落尽，从秋日到又一年寒食，他们是彼此的江南旧相识。

只可惜，“我嗒嗒的马蹄是美丽的错误，我不是归人，是个过客”。这段合肥之行也只算一个客子的倾城过往，姜夔还是要走的，他的心底始终不灭收拾河山的志向，毕竟是男儿，看不得废池乔木的狼藉。

离开合肥的那晚，姐妹二人为姜夔送行，长亭连短亭。到了渡口则“拟将裙带系郎船”，她们说着“鸳鸯风急不成眠”，可纵是再多的不舍，水波还是送走了她们的过客。好在姜夔还留下了一句承诺，他与她们定下了白首之约，他说定会归来迎娶姐妹二人。唯一不定的是他的归期，他只想着余生那么长，既然约好了白首，便莫要拘泥于朝朝暮暮的差池。

在姜夔走后的多年里，合肥曾几度陷落于金兵的铁骑下，后又被南宋收复。经年的战火在这里蔓延席卷而后留下满目萧然。在战火渐熄时，姜夔终于重回合肥故地，长亭树依旧青葱碧绿，只可惜他寻的人已是踪迹杳然。

那艘曾送他远行的船只被废弃在水岸，暮色中云帆凌乱；旧日里高耸的城郭已然不见，可伊人的叮嘱又久久萦绕耳畔："怎忘得、玉环分付。第一是、早早归来，怕红萼、无人为主。"

后来，经过多方打探，姜夔才知在金兵攻陷合肥后，姐妹二人被金兵所掳，她们意识到与姜夔的缘分怕是已尽，又难逃金兵折辱，于是二人先后在赤栏桥边投河身亡。

没人打捞她们的尸身，她们也便永世安睡在了赤栏桥底。月色依旧，赤栏桥依旧，澎湃的都已然没落，瘦梅的寒枝无人来攀折。

这一生他无路求功名，又白白辜负了一片深情。

后来，他依旧天涯漂泊，只是少了些骄傲，更像是一种放逐与流浪。

二十年后的元夕之夜，姜夔做了一个美丽的梦，并将梦中的所见与心绪写成了《鹧鸪天》。肥水依旧向东流去，那里曾是他情缘的发生地，也是他的至悲回忆。早知今日此般相思，当初真不该轻易作别。梦里的相见总是看不清晰，还来不及拥抱佳人，却被山鸟声惊起，将梦跌得粉碎。

在春草还未生绿的时节，他却生出了银丝。“谁教岁岁红莲夜，两处沉吟各自知。”最怕年年岁岁的团圆夜，怕一种相思，怕两处闲愁。

“人间别久不成悲”，道了多年悲凉的姜夔，终将所有的外露转为了深邃。他隐忍、节制，表现着云淡风轻的漠然，却不料被早白的两鬓彻底出卖：那些他所深藏在心底的往往是最沉郁的悲哀。

何必强求把江山指点，他生来不过是一多情种子。原本那桥边红药只为他生，他却一心想要逃离那片空城。从醉解兰舟的一刻他便该知道，无论是踏出怎样的脚步，他已再走不出心底的废池乔木。他的浪漫已死，今后只剩荒芜。

身未留，心已留；他乡地，忆旧游；泊孤舟，望衰柳；敬芳魂，一樽酒。可这一切，有何用？

6 汾水埋骨　风流云散

摸鱼儿

元好问

问世间、情为何物，直教生死相许。天南地北双飞客，

老翅几回寒暑。欢乐趣，离别苦。就中更有痴儿女，

君应有语，渺万里层云，千山暮雪，只影为谁去。

横汾路，寂寞当年箫鼓。荒烟依旧平楚，招魂楚些何嗟

及。山鬼自啼风雨，天也妒。未信与、莺儿燕子俱黄

土。千秋万古。为留待骚人，狂歌痛饮，来访雁丘处。

纵风流云散，绚烂暗淡，情亦如明月霜天浩荡；忍天盖地庐，年岁枯荣，渺万里山河相思独钟。

元好问曾有千古一问，问这世间情为何物，喃喃无果，费尽思量。未料却在双飞客间得解，风尘阻、天相妒，终是相思莫相负……

那年的山西曲阳，汾水畔边正是一派清朗广阔、疏远人烟的

风貌。遍眼萧索却非同荒凉，置身无垠，冷风扑面，竟有与万事万物坦诚相见、无讳无惧之感。元好问和几个同乡赴太原赶考，途经此处，因太过疲累，便准备稍作休憩再行出发，恰巧在此目睹了一位猎人正在捕杀大雁。眼见着罗网中大雁已被打死，另一只已经逃脱的大雁却在网边悲鸣不断，徘徊着不肯离去。

元好问见此不禁同情，想着或许这便是生而不为人的悲哀，难得大雁有情，虽此时失却同伴会感到悲伤，但或许它在重新飞翔的那一刻便会忘却此间情景。它哀恸过，也吊唁过，命理至此，毕竟转身后它还拥有自己的天空。

但世事之精妙便在于有着数不尽的始料未及、超乎预期。那哀鸣的大雁见网中之雁久久未有回应，先是拼命向上振翅，而后全力俯冲，最终坠地自杀而亡。落地的刹那，只见它全身因疼痛而剧烈地抖动，却在望及罗网内伴侣的瞬间平静了下来，安详得宛若栖身林间。

目睹此景的元好问被深深震撼，他向猎人买下了这对大雁，并把它们的尸骨安葬在了汾水岸边，堆石为记，垒土成丘，名其为“雁丘”。元好问独自在葬雁处神伤良久，后来他便写就了那阕享誉至今的《雁丘词》。

失却游春之侣，生何意，死何妨，为情断肠又何惧。曾双宿于天地间，冬寒夏暑不离，更甚人间情痴。而今末路穷途分两岸，天不见怜，遥想辽远千山、暮雪层云，怎将只影赴，莫不如同黄泉，生死契阔奈痴心何。

横汾路，双雁埋骨处，亦曾是武帝巡幸处，汾水楼船上笙歌夜夜、群臣宴饮。“泛楼舡兮济汾河，横中流兮扬素波。”一片大好山河。喧天箫鼓从不寂寞，伴着四起棹歌。而今再望，目下所及皆是冷烟衰草，萧索不忍望。楚辞招魂无用，山鬼哀啼枉然，西飞双雁虽无从复生，却也不会就此赤条条托付于黄土。只因此间情谊，哪怕天妒，仍受得起所有礼赞。

帝王盛典总有音息之日，光辉王朝未能万古长存，唯有这世间纯真之爱会永远熠熠生辉、至高无上。雁丘亦会万古千秋，待墨客文人前来狂歌饮痛、永远凭吊……

弱冠之年，元好问便对“情”字有了深刻领悟，他早知这世间最为纯粹也最不可亵渎之情便是爱情，所以他始终有着对爱的敬畏与崇拜。十八岁时，元好问娶张氏为妻，张氏温柔贤良、兰姿蕙质。元好问虽好饮酒赋诗，潇洒恣纵，却从未光顾过秦楼楚馆，也不曾行任何负心之事。

时值金元乱世，元好问为避时艰曾携家眷逃亡河南，一路躲险克难，与发妻携手同行。不幸经年过后其妻先元好问而亡，为悼念亡妻，元好问写下：“怅韶华流转，无计留连。行乐地，一凄然。笙歌寒食后，桃李恶风前。连环玉，回文锦，两缠绵。

芳尘未远，幽意谁传。千古恨，再生缘。闲衾香易冷，孤枕梦难圆。西窗雨，南楼月，夜如年。”

不知是否与那韶光交了恶，否则人生怎会此般坎坷。芳尘未远，却无从逐芳而去，只因此一生以“安社稷救生灵”立命，今壮志未酬，天下人怎能负。不知多少次曾梦归雁丘，遥想当年寄语——生死相许。若人间情痴也能如大雁般简单，若人间大爱亦只关乎陪伴，那么他也会如罗网外大雁那般决绝，决绝地赴死，决绝地奔向那份陪伴。回味曾经行乐地，两缠绵终成一凄然，唯愿千古恨成就再生缘，便可不必独守西窗雨，度夜如年。

时至今日，那雁丘仍完好无损地存在于汾水畔，甚至几经除草修葺。汾河也因雁丘的存在增添了无限人文情怀，往来之人常在傍晚伫立于雁丘边远眺汾河风景，红霞映目，碧水澄明，飞鸟归巢，自然也有低飞大雁撩拨着无限情思。汾河晚渡，回望古今朝暮，虽是双雁入土，仍留真情万古。

雁丘之地早已成寄情之地，曾见证千古兴亡事，亦曾目睹无数情痴。二十世纪五十年代，在汾河故道的沼泽里，有位农民用土枪射伤了一只大雁，并拴挂在了自家院中。翌日，他竟发现有两只大雁被吊在了一起，脖颈交互拧缠成麻花状，惨状不忍细睹。显然，后来者是循着被捕者的悲鸣声而来殉情的。时隔八百年春秋，仍是汾河，仍是大雁，却再无人为其埋骨礼赞。但值得庆幸的是，自此之后，那农民再未捕杀过大雁。

或许此情此景还会无尽地上演，只因真情永恒，所以无尽生灵甘愿用生命诠释爱情。至于雁丘，也依旧会永恒，亦如箫鼓或是战乱都不曾湮没真情。雁丘是因元好问而存在，元好问也得到了雁丘的成全，破空一问，沧桑落尽，诗匠乃成。

出身簪缨，深于医药，精达佛道，编纂巨作《中州集》《壬辰杂编》，写成诗词五万余首，一生宦海沉浮，历经流离朝乱……却在临终时嘱托，墓碑上只题七字“诗人元好问之墓”。“乞得田园自在身，不成还更入红尘。”此一生千帆过尽、寒枝拣尽，唯愿身后清简，重归澄明。

那年他曾那般年轻、那般自由，雁丘曾带来那般明晃晃的感动，人间本就应如此般清澈，情便要终其一生。如若可以，他宁愿常驻雁丘，叩拜最震撼的感动，度过最简单的人生。若此，又何须身阅浩劫兴亡事，看故国乔木泣秋风。

情字何解，生死亦可相许；匆匆萍聚，竟此般融骨入血。林林总总，听过了数不尽的旦旦誓言，去日苦多，自有多情者消受着漫道荒烟。生死一处何其幸，万丈红尘苦楚；归去来兮人何处，词话人间、故地漫步。

心至雁丘，身已衰翁，纷呈世相，初心无恙……

7 蓬莱旧事　灯火黄昏

满庭芳

秦观

山抹微云，天连衰草，画角声断谯门。暂停征棹，

聊共引离尊。多少蓬莱旧事，空回首、烟霭纷纷。

斜阳外，寒鸦万点，流水绕孤村。

消魂当此际，香囊暗解，罗带轻分。谩赢得青楼薄幸名

存。此去何时见也？襟袖上、空惹啼痕。

伤情处，高城望断，灯火已黄昏。

一生在求而不得中辗转，偶有贪欢，便更添一寸心酸。也曾难掩风流，醉享春风柔情，莺啼人起，西子同游。几度兰亭古墨，豪俊气势如虹，素笔题壁，咏一片星沉海阔。怎奈寂寞难逃，多少蓬莱旧事逐孤鸿，人共楚天远，终生志难酬。

无论是“樽前”“花间”，或是“塞外”“江天”，都曾出现秦观的身影。他的词总是让人惊艳而后喟叹，亦如他的人生常有得意却终不得志。若说他潇洒，他却将十二栏杆倚遍、空锁楼

中深怨；若言他阴郁，他一句“岂在朝朝暮暮”，此等豁达与释然同让千军万马解甲归田来见。也正是这万千错综与纠葛成全了秦观的独一无二。

秦观虽文采四溢，却是暴腮龙门、屡不中第，年近四十才拾得一冗从小官。曾因生活窘迫娶了富商之女，夫妻二人看似相敬如宾，实则琴瑟不调。好在上半生的种种不幸与悲哀恰恰融汇成了秦观词作的催化剂，让他金句频出，一篇《黄楼赋》让苏轼赞他可与屈、宋比肩；一首《望海潮》让王安石瞠目，言其“清新似鲍、谢”。

怅朱颜易失，丝雨如愁，他的词让无数痴男怨女感同身受，蓦然回首，方知一见少游终身误。故事的转折是从一场酒宴开始的，一句“春风玉露一相逢”让秦观名噪满城，无人不识，富贾名贵争相邀其赴宴。与碧桃的初遇便是在其中一场飨宴之上，她眉目如烟，倾城一笑好似将熠熠光芒照进了他郁郁的生命。直到那女子开口劝酒，他方知碧桃原是主人的宠姬，悻悻一饮而尽，心早是眷眷难当。于是又添酒举杯劝碧桃，主人急忙阻拦说碧桃不善饮酒，碧桃却道：“今为学士拼一醉。”而后持觞长饮。

自那别有深意的杯酒过后，整场酒席秦观的眼中便只剩碧桃，虽身处喧嚣，心却早已同那佳人泛五湖烟月，执手细履平沙。碧桃自是一样，她的目光自始至终都未曾从秦观身上移开，眼波流转似诉万语千言，盼一场金风玉露、如梦佳期。偏偏座上主人也将这一切尽览眼底，醋意横生，戏谑道："今后永不令此姬出。"满座只当是戏言哄笑，秦观却慌了神，未料其果真行尽其言，自此之后的所有酒宴，少游便真的再未见过碧桃。

愈是求而不得，便愈是心心念念，"碧桃天上栽和露。不是凡花数。"秦观为碧桃也为自己写下了一阕《虞美人》，以词寄相思。几度沉醉何妨，酒醒后、断人肠。碧桃一枝如画，难为赏春人开；亦如自己此生有如筵才学，亦是经纶难展。清寒细雨间终究漂泊，如若此正是命数，他自知多争无益，便再未寻碧桃。

数年后的烟花三月，春风春水相衬，少游行至扬州，这一次他仍是贵宾座上客。正是言笑晏晏间，闯入一箜篌女子，无一赘言，仅皓腕素手抚琴便是音音关情。细看那女子的眉眼竟是如此的熟稔，封印在心间的记忆被瞬间唤醒，她身上尽是碧桃的影子，媚眼如丝、万种风情。

像是一池春水被搅乱，悸动难平，这一次他不愿再错过。好在主人早有成人美意，同意秦观在扬州的几日都可与那箜篌女子共度。终于得偿所愿，两相缱绻，他们笑折荷花，乘扁舟追日暮，双双湮没在如雨乱红间，忘却来时路；也曾行到小溪深处，醉卧古藤枯木，静看鹂鸣草动，不知身在何处。终明了一句"得成比目何辞死"，或许便是渲染着此间快活。

几日过后，秦观因公务不得不离开扬州，离情别绪更让人难分难舍。本以为离别之际那女子定会要些承诺，可她始终静默，看他远走，不着一言。不知走了多久，秦观方恍然，数日的相处，自己竟连那筌篌女子的名字都不曾知晓，想来她定然伤心，认为自己终会被替代，料定此生不会复见，他给不起承诺，她便不要也罢。

这段感情在乐音中开始，实不该如此静默结局，秦观写了一阕《八六子》，感慨无从弥补的亏欠，也宽慰着彼此离人何惧。曾经蚀骨的一幕再次上演，他不能娶一个烟花女子，所以他们之间的结局只能是分离，求而不得已成定局。

独倚危亭，离恨如草，吹尽还生。遥想水边别红袂，几多怆然暗惊。曾共赴一帘幽梦，十里春风来贺。怎奈何，欢愉逐水，素弦声息。今长亭连短亭，残雨笼晴；唯望郴江绕郴州，梦里相拥。

或许是寂寞久了，也哀怨久了，他学会了找寻别样的方式排遣自己的孤寂。秦观将自己置身于夜夜笙歌、绿怀红袖之间。他为歌女陶心儿写下《南歌子》，“天外一钩残月，带三星”，用“心”字之谜将其取悦；为歌女师师作“当时明月，两处照相思”；为江南歌女作“一句难忘处，怎忍辜、耳边轻咒”……他将自己的才华在蝶舞莺歌间消耗，此等遣怀看得友人黄庭坚不忍，一句“才难不易得，志大略细谨”直白逆耳，却是一语点醒梦中人，秦观反思自己放浪而后并无所得，万般情思反成靡靡之音，终归有愧。

不愿再风花雪月度日，他开始专心仕途，针砭时弊，向朝廷进策论、提方略。却因恰逢绍圣元年，哲宗亲政，时局剧变，在党同伐异的政治局势下，苏轼、秦观等“旧党”遭到了罢黜流放，自此开启了他天涯羁旅的生涯。荆棘寡欢、艰难苦恨伴随着漫漫流放之路。往昔花间煮酒的日子又成了秦观最为怀念的时光，万千感慨间，秦观写下了他一生中最为杰出的词作之一《满庭芳》，求什么功成名就，一生就此放肆又何妨。

山抹微云，轻角吹寒，回首处，纷纷烟霭。几多迷离旧事，化成秋水文章，情字难写；几多巫山云雨，销魂当何际，相思逆解。今情场失意、官场失意，经年归一梦，论什么书生意气。

恍恍又是数年光景，宋徽宗即位，大赦天下。因赏秦观才华，便令其归京复命，决定委以重任。未料终得解脱的秦观却在被放还回京的途中卒于滕州。据说在行至滕州时，秦观索水欲饮，终于水至，他却笑视而卒。或许此一生便是注定求而不得、壮志难酬，他曾无数次与所望近在咫尺，却又无数次望洋兴叹、生生错过。不知在那水边他望见了谁，是为君拼一醉的碧桃，或是那皓腕弹箜篌的女子。曾经水边红袂分，而今静待阮郎归。如若真有此景，便也是给秦观最好的告慰。

“官不过正字，年不登下寿。间关忧患，横得骂诟。窜身瘴海，卒仆荒陋。”到底意难平。总有人抨击秦观滥情，却不说他深情；艳羡其常有潇洒，却忽视其一生萧瑟；怪其风流，却不言其风雅。此间种种看似扞格不入却又相得益彰，共同诠释出了一个有血有肉的秦观。

红蓼花繁，鸳瓦雉城，他将风景看透；纤云弄巧，识香追迹，他让浪漫演绎；携壶自饮、闲听山畔，他有恣纵相伴；北随云暗、独倚栏杆，他把高楼望断。少游，几度少年游，常有风流……

想来他最骄傲的作品也便是这阕《满庭芳》吧。曾经生来彷徨，做北归客，将离情化酒，夕阳下举杯，饮尽风流。多少蓬莱旧事如烟，徒留寒鸦数点，映孤村水流。曾有香囊暗解，却是空惹啼痕，谩赢得薄幸名存。城不见、万家灯火起，终归寂静。

红尘十丈，虽非径自走过，却终留落寞背影。一路隔岸谁相惜，曾经满目红绫颤，而今，徒把高楼望断……

第二章
画船听雨归华年：那些往昔的遗世风景

1 陟彼南山　长歌采薇

野望

王绩

东皋薄暮望，徙倚欲何依。
树树皆秋色，山山唯落晖。
牧人驱犊返，猎马带禽归。
相顾无相识，长歌怀采薇。

“陟彼南山，言采其薇。未见君子，我心伤悲。”登上那高高的南山，遍眼都是蕨和薇的叶苗，转眼竟又是一年的春夏之交。掐着手指数着时日，我的良人啊，你又在何方。

同《诗经·召南·草虫》中的这句一样，王绩的《野望》便是抒发着知心者难觅的感伤，二者相似之处甚多：同样直白，同样朴素，同样忧心忡忡。

在夕阳的金粉洒了满地的时分，诗人站在东皋远眺，他徘徊不定、形影相吊，他去不得什么远方，更觅不到什么归途。远山的树林都染上了秋日的重彩，重重的峻岭披拂着夕阳的余晖。诗人看遍了远景，又将目光锁定在了近处正在驱犊的牧人身上，只见那牧人的猎马为他狩回了满背的猎物。那满载而归的牧人正心满意足地放歌，他由远及近的歌声竟有了温暖萧索秋寒的力量。诗人将这一切收入眼底，所有关乎人世贞亲的感知，都在那一瞬近身。过去的他从不曾如此钦羡过寻常百姓的喜乐。

诗人伫立了好久，直到放歌的牧人同那歌声一并远去，而后全无踪迹。伴着歌声的余味，诗人展开了自己的憧想，想那牧人归家的画面：牧人应是在庭院里升起了炊烟与篝火，他的妻子则荆钗布衣粜米煮饭，当菜肴的香气从锅中溢出扑满了鼻息，牧人便呼来他垂髫幼子捧出自家陈酿，肉香混着酒香再伴着一桌的嬉笑怒骂。所有的天性尽可释放，封建礼教在这里无地用武，他的子孙不必有大造化，纵官迷心窍者比比，这天下也总要有人放牧。

入夜，晚来风急，那牧人用麻绳加固着茅屋，屋里的幼子早已熟睡入梦，妻子则在影影绰绰的火光里缝缝补补。就这样，又过完了寻常的一日，人世间全部胜极的韶光似乎都汇聚在了这方寸间的荒野人家里。

王绩不认识那牧人，却无比憧憬他的生活，想着眼下每一个星星点点的灯火里都应藏着一户最纯粹的喜乐，唯独他孤身在山顶的夜色里吹着不解风情的冷风。王绩不禁长啸着高歌，天知道他有多想隐居在这东皋，为这漫山遍野的宁静里再点添上一盏平常灯火。

王绩也终究是得偿所愿了，只是他的隐居或多或少夹杂着些无奈的裹挟：朝廷没有重用他，想着如此尸位素餐莫不如转栖田园。于是卸了官的王绩便真正隐居在了东皋，他为自己取了个潇洒的名号：东皋子。东皋的生活于他而言真真是东山高卧、悠然自得，王绩整日散发抽簪、漱流枕石，听着蛙鸟声唱和，打理着家中良田。

后来，他听说在自家的不远处，还有一名为仲长子光的隐士，那人已是三十年避世绝俗，每日焚香扫地，因树为屋，只饮松涧之水，只食自耕之粟。王绩十分敬佩这种真正的隐士，因他五蕴皆空、一尘不染。毕竟只有精神上的不垢不净、不增不减才着实让人五体投地，王绩自知怕是只得望洋兴叹。

王绩曾去到仲长子光处拜访过多次，那隐者的性子着实寡淡，他的柴扉大敞，任往来行路人停息；园子里种着不知名的花，因未经修剪而看起来毫不美丽；田垄处则是整整齐齐，土地上仍旧氤氲着水汽。顾不得冒犯与否，王绩走入门去，旧日官场养成的习气让他连声称呼都想了许久，一声“先生”叫出了口，那方的煮茶人却迟迟没有回应。像是等了一个世纪之久，那位“先生”才给了王绩一个眼神、一个颔首。

王绩在仲长子光先生的家中从清晨逗留到了日暮，没人问他来意，也没人同他攀谈，可被如此“慢待”的王绩却偏偏爱上了这样的聊胜于无。像是一种禁忌被打破，没有什么必须遵照的常理，更没有缛节礼教的束缚，没有紧衣束带、没有作揖叩拜，你不爱的便可置之不理，你也只在自己的道场修心，所以你会感知那天地转瞬浩荡清旷，物欲的泥沙俱下里再也卷袭不下你。

自从与仲长子光的第一面起，王绩便终夜辗转反侧、见之再不能忘，又一连几次登门后，他发现自己怕是再也走不出仲长先生的庭院。权衡过后，王绩便将家中良田交予他人打理，只带上几件布衣，卷起草席，便匆匆在仲长子光的居所附近寻了个住处落脚，了却了一桩心愿。自此，王绩与仲长子光算是做上了邻居，他才不管那对方是否情愿。

仲长子光是有大智慧的人，他曾著《独游颂》《河渚先生传》等，每每有官员闻其名要到他处拜访请教时，他都会以失语症为名辞谢。虽是同样的终日不能闻仲长先生一字，但相对旁人，他对王绩的待遇已算是前无古人。

因为两人都嗜酒，王绩便总作那白衣送酒之人，来了兴致，二人就会寻一片空谷席地而坐，他们鲸吸牛饮喝得酒酣耳热，谁也不同谁言语，只是共同碰杯，共同一饮而尽。各自独品着各自的兴致，彼此都爱极了这“流于形式”的美妙。谁若已然尽兴，便尽可离去，去庭院烹茶也好，去陇上种田也好，去茅屋睡觉也罢，谁都无须跟谁道别或是道谢。

王绩还好乐，但他的琴音与他的诗文一样多是用酒浇筑出来的。月夜，他一面饮酒一面抚琴，隐居多年来，他已彻头彻尾地爱上了这样的自己，清白、无争，没了官位反倒多了傲骨，因为无欲无求，人生便也不能奈他何。有人寻着琴音叩开了王绩的家门，来者自称是刺史，此行是为了请王绩出山讲学。

还没等那人将凳子坐热，王绩便浇下了一盆冷水，他直言恕难从命，因为他的美酒还没饮尽酿罢，岂能“谈糟粕，弃醇醪也”。王绩其人本就蔑视封建礼教，又怎会为其振臂高呼，“礼乐囚姬旦，诗书缚孔丘”，对他而言所谓的讲学无非是对又一代人的荼毒，还不如看他吟诗纵酒来得有声有色。

隐居的生涯使王绩拥有了一套独到的人生哲学，更使他的诗文拥有了真正的朴素。彼时，南朝遗风的过饰让文字变得珠光宝气，华靡艳丽却不经久耐品，而到了王绩这里，诗句在他的笔下仿似来了一次断崖式的转折，他不刻意施以粉黛，只用气韵动人；他不故弄玄虚，只为让你懂得通透；任谁都可以是他诗的解味之人，无论草野村夫或是庙堂三公。

所谓大道至简，王绩的一生似乎都在做着删繁就简的努力，在临死前，他曾自撰墓志铭并“遗命薄葬”。

“相顾无相识，长歌怀采薇”，无奈多的总是一言难尽：豺狼当道时，他没那一身披坚执锐的武装，也做不出什么安忍残贼的勾当，偏偏生了满腔扬清抑浊、疾恶如仇的热血。于是，此一生只能在与自己的斗争中遍体鳞伤。

索性隐遁，让这眼再不看那污浊，让这耳再不听那秽语，让这心归彼大荒，只饮杜康再不饮忧伤。

他于山顶采薇，也终于在东皋点了一盏自己的灯火。从此，再不必理人世的艰涩与柔和，只留《野望》的回音在山谷里日夜响彻。

2 秉一盏烛　花间偕游

花下醉
李商隐

寻芳不觉醉流霞，倚树沉眠日已斜。
客散酒醒深夜后，更持红烛赏残花。

看柳絮嫁与流水，看暮色迎接满月，看场圃拥抱稻谷，看清风搅弄彩云，看檐头拨笋人，看媚眼锦屏人，看无饵垂钓人……看一切的光怪陆离或是炫彩奇异，看一切的平庸质朴或是平淡无奇。

人虽双眼清亮，心却总会被错综蒙蔽，以致恍惚间便会失落在这山河岁月里，空空辜负了那些万千风物淬炼的至美。好在总有午夜梦回，可在深不见底的夜色里栖身宁静，可在专属的精神花园里漫步思索，待到轻点一盏烛火也便邂逅了真正的本我，所谓觉悟也未尝不可始于一场梨花篝火。

读李商隐的《花下醉》总是有一种我欲成仙的气度飘忽其间，于花海中醉饮，倚靠花树成眠，客散酒醒方知夜深，赏花之兴却未至阑珊。于是，他燃亮一根红烛，独自花径寻芳，只可惜大多的花都已凋残，那孤盏红烛映着花影，诗人微醺在这朦胧夜色间。

想来许多美好都是稍纵即逝，名花与倾国又孰能长存不殆。沁脾芬芳好似佳人温软耳语，斑斓颜色更似那锦衣绫罗，至于故事最末，无非是朱颜辞镜伴着那残花枯荷。逝者如斯，孰能不怜；声色当下，也便无有拘忌。

李商隐情致难得，既醉于酒，又醉于花，醉于现世，也能醉于烟霞。诗中有声有色，却又能将心迹袒露得不动声色。他描绘了一派欢愉与热络，可行间字里却总难逃寂寞，却好在那是种可以尽情寄情的寂寞。

文人总是有着种种相似的哲思或是情怀，东汉古诗《生年不满百》的作者如今已难以探知，但此诗内里的处世哲学较李商隐的《醉花阴》可谓更递进了些许：撇去了寂寞，只余豁达……

“生年不满百，常怀千岁忧。昼短苦夜长，何不秉烛游！为乐当及时，何能待来兹？愚者爱惜费，但为后世嗤。仙人王子乔，难可与等期。”

王国维在《人间词话》中对这首诗极尽赞誉，谓其“不隔”，即遣词率真，与世味契合，不拘泥于传统礼教的束缚，更不甘任于所谓普世价值的拘囿。因为值彼时的境况，从诗人到乡野都信奉着“苦尽甘来”的道义，而此诗的出现却以平地惊雷之音标新着“及时行乐”的意义。

其言生而为人本就难足百年，又何须哀虑千载后光景；若总恨昼短夜长，又何不秉烛一游，重探风物；糠谷缟素是为一生，椒浆鲜衣亦是为一生，人之大欲即存于这些最为原始的所需所求之中，故又怎不可尽兴而为，尝一尝真正的洒脱快活。

只可惜这样的论调在当时的大环境下被划归为不思进取的颓靡之音，那时的国家机器讳莫如深，自不愿将这种原始的灵气过度释放，恐启百姓之智、扰乱纲理伦常，于是便将其定论成了低下志趣。好在文人们已开始了觉醒，早知这被强披着享乐主义外衣的内里是多少等待释放的苦闷。不悭吝文化，不迎合媚俗，也使得这种逐心处世的文化得以由表及里地厚重了起来。

细数有多少名篇佳作是在终于蔚然成风的“行乐须及春”中促就的，苏东坡曾作“只恐夜深花睡去，故烧高烛照红妆”。余晖的幕帷拉起，东风送走了最后几抹微云；月亮与夕阳同辉，却没有一丝扞格不入的吊诡；诗人踱步在院中，不觉间那悬月早已下了回廊。待他移步至百花深处，竟不知从何方蒸腾起了雾气；只有凭借着争相涌入鼻尖的芬芳气味，才可勉强辨别究竟是在现实游荡还是在梦里。

诗人此行是为寻一株昨夜入梦的海棠，所以他要等到夜里，等到千红万艳通通睡去，等到唯有海棠盛放无花可比肩的时机。虽说是赏花，心间却又总有将赴一场盛世之约的忐忑。

苏东坡爱极海棠，恐花亦睡去，秉烛来看，也唯有此般惜花才能此般不舍昼夜。百花各有香，偏偏海棠无香；百花总爱开在暖阳里，他的海棠却更爱盛放在那萤萤烛火里。海棠就像他，明明是沧海中的一粟，却不甘受波澜裹挟任浮沉，所以他爱海棠，所以他看海棠，正因此种情愫摇曳其间，更使得他再不必形影相吊、孤芳自赏。

《冷斋夜话》中曾记载如此一幕，唐太宗召杨贵妃同游沉香亭，未料宿醉未醒的贵妃被侍者搀扶来见时，已是鬓飞钗乱，更无行礼之力。但唐明皇见此并未扫了兴致，一句“岂妃子醉，直海棠睡未足耳”极尽宠溺，“海棠春睡”之逸事也便自此流芳。

高烛照红妆，总是只贴近于文人雅士的趣味。他们秉持着的是烟火，却又并非俗世的人间烟火。那热焰关乎诗人的情怀：于闲处行乐，于夜色秉烛，于无声处抒怀。

在诗中寄情于景的悲春伤秋曾漫散于诗坛，却也并未因大行其道而被始终标榜，反之则是被直抒胸臆的世事练达所替代。因促就了诗人们对感官与理性双重追求的满足，“行乐须及时”的思想也因此成了东汉的文人风气，而后致使豪放派、浪漫主义等都以其衍生品的姿态横空出世。

“夫天地者，万物之逆旅也；光阴者，百代之过客也。而浮生若梦，为欢几何？古人秉烛夜游，良有以也。”人生天地间，生为寄，死为归，意之为逆旅。且人生似梦，至于梦里梦外总是不敢深谙。故与其苦苦探寻生命奥义而总不得真知，或是一心求索至上之理而无有善终，或以有涯之生解无涯之谜致群疑满腹，莫不如就此放眼当下、放逐本性，感受世间风情，把酒言笑，不辜负春风美景。想来酒中仙李白定是参破了此中真意，所以行文飒爽，豪气淋漓。以一篇《春夜宴桃李园序》将一纸糊涂人事开解得通透洞明，如此看来，那一句“与尔同销万古愁”亦并非其狂妄的信口开河。

“秉烛夜游”恰是对“及时行乐”这一思想最精准的表达。一盏烛火装下了千头万绪，它悄无声息地存在着，却也将万般情意传递着。消夏秉烛，在蝉鸣月影间委身花树；冬雪秉烛，在乱梅深处邂逅香影。既然昼短夜长，何不与这漫漫长夜赴一场秉烛之约；若言人生苦短，何不把酒当下痛饮成醉。

有时，世人口中的不明白，无非是不愿明白；正如所谓的艰难苦恨，总是因求不得、放不下而负累。莫不如少些烦杂思索，多添些放浪形骸。

今吾秉持一盏烛火，不知诸君可愿偕游?

3 风神散朗　尘不染心

夜归鹿门歌

孟浩然

山寺钟鸣昼已昏，渔梁渡头争渡喧。
人随沙岸向江村，余亦乘舟归鹿门。
鹿门月照开烟树，忽到庞公栖隐处。
岩扉松径长寂寥，惟有幽人自来去。

世上没有“扬州鹤”，却可以有孟浩然。

孟夫子的气质是广袤里的亲近，他可以写出“波撼岳阳城”的澎湃动荡，也可以给你“把酒话桑麻”的朴素舒展。本以为才气逼人的他定当是遥不可及，却发现他亦是平凡，平凡地爱着田园、菜圃、青山、绿树，打谷场也是他的桃花源。

孟浩然的诗多是写他的日常生活，看见赤色霞光便笔下烟霞，听见南屏晚钟便写袅袅余音。他若是整诗勾勒风景，那便是他只想言风景，不会故作高明地以景抒怀，雀跃与落寞都在诗外。所以，孟诗的纯粹常有如直见性命。

馒头样的小手背向身后，跟着韵律有节奏地摇头，奶声奶气地诵着《春晓》，然后仰面朝向长辈们讨声赞扬或是讨一颗糖，这是我们童稚时光里最寻常的片段。

每每“春眠不觉晓”的韵致一起，就像是诗人把春光早早地熬在了糖果里，诗还未背完就能逗引得小孩子们满口生津。稚嫩的音色比啼鸟还高上八度，提醒着花发、提醒着春雨，像是在用生命初始的纯真歌颂初始的季候，闻之甘醇却丝毫不浅薄。

所以，孩童眼中的春变成了糖果味。哪怕多年后长大成人，也仍会被一首《春晓》正中下怀融化了心。试想，当耳畔回响的都是乳声乳气的烂漫天真，应是谁人都不免对全世界温柔起来。这便是孟浩然不着痕迹地藏在诗中的力量。

就连“秀口一吐便是半个盛唐”的诗仙李白都极其钦佩孟浩然其诗其人，他直言：“吾爱孟夫子，风流天下闻。”李白遍结名仕，却与孟浩然感情最笃，甚至为他作了七首诗之多。

孟浩然风神散朗，少年便文章天成，壮岁可拂衣淡功名，老来又山林寄高龄。这样的孟夫子，纵是李白也要仰慕作揖的。正如当一人的人格魅力及诗歌风骨都至极致时，便只会是高山仰止的存在，没什么文人相轻。

同苦吟诗人们不同，孟浩然作诗是要先把自己放逐而非流放。若是将他放在风雪里，他便试着爱上风雪；若是将他放在荒野里，他便试着放歌荒野。就像张爱玲将头低到尘埃里，也在尘埃里开出花来，顺从得没有戾气。但凡人世的风景他都爱，哪怕前一秒才与功名决裂，下一秒仍能坐看闲云。

孟浩然的优雅是能将滑稽之举变为风雅志趣，而这种能力唯独他有，放在别人身上都会引人揶揄或啼笑皆非。

冬山如睡，呵气成霜，看厌了遍眼银白的孟浩然要去寻些鲜艳刺激。于是在漫天的大雪里，他骑驴向深山，不为赴什么前世之约，也非践什么倾城一诺，只是单纯地寻一株梅，看到了便可乘兴而归，满心欢喜地写进诗里。

于是，梨蕊之白、梅花之魂都这样被他深情地印在了诗里，我们无缘看到的风景他用文字为我们讲述，我们一知半解的风物他带我们含英咀华。我们亲见着他将关乎大千世界难以言明的体悟一一点破，缘方知，我们是用眼看风景，而孟浩然是用心看风景。

所以，“踏雪寻梅”这一多少带些荒诞的举动只有放在孟浩然身上才不会显得荒唐违和。所以，李白的“烟花三月下扬州”只为孟浩然而作，并相信只有他能看透一幅繁盛锦丽下的情思不绝。

孟浩然的诗从聊以自慰到可名动天下，还要从一场诗会说起。长安，某日秋雨过后，清朗的长空把秋日的萧索都压进了泥土，微云若有似无地抹在天际，不知将会被哪一阵风卷起，又将去向哪里。本习惯了沉默的梧桐林竟和水滴结了连襟，雨停了它则开始淅沥，说着骄阳不来，它便不停低语。

整个长安的词人才子们都聚在了这次诗会上，主题是为今时秋月心霁赋诗。在座才藻艳逸者比比，人人陆海潘江跃跃欲试。轮至孟浩然时，他提笔写下："微云淡河汉，疏雨滴梧桐。"此句一出，便是长久的满堂无声，而后举座无不叹其清绝。才子们纷纷搁笔，此一联也因无人敢对亦无人能对成为断章，这场长安诗会也在孟浩然落笔的一刻便已收锣罢鼓。

也并非生来淡泊名利、清心寡欲。孟浩然虽是仅凭诗人身份觐见皇上的第一人，单以此便足够夸耀一生，可他对自己这一身份并不满意。那年，四十岁的孟浩然以笔参造化享誉长安，竟也在进士举中落第于长安。在自己最擅长的领域一败涂地，被挡在仕途之外的他难免郁郁。再反观老友王维则一路官运亨通，焦躁、艳羡常令他辗转难眠。

某日，孟浩然去到王维府上为客，正在二人旁征博引大谈文章之时，玄宗皇帝突然造访。因天子见布衣于礼不符，孟浩然只得慌张躲入床下不敢见君。王维机警，意识到此刻皇帝亲临对孟浩然而言正是千载难逢的良机，只要孟浩然能在皇帝面前将才华展露一二，加之自己从旁说项，为老友求个功名便能如同俯拾地芥般轻松。

王维善为说辞，他将孟浩然从人品到才情大肆褒奖了一番，玄宗对孟浩然也早有耳闻，便在得知孟浩然也在王府后邀他来见。从床底钻出的孟浩然有些灰头土脸，五官纠结在一起显得唯唯诺诺，与王维口中那个丰神俊逸的才子形象大相径庭，玄宗皇帝见之眼神里透出些许怀疑。

孟浩然小心地将自己刚刚写就的《岁暮归南山》奉上："北阙休上书，南山归敝庐。不才明主弃，多病故人疏。白发催年老，青阳逼岁除。永怀愁不寐，松月夜窗虚。"这本是一首心在魏阙的言志诗，只是以反语请恩泽。

可玄宗仅看到"不才明主弃"一句便再不愿往下读。他认为孟浩然是在抱怨自己无识人慧眼，尤其"明主"二字在这首满是微词的诗里更显得尤为讽刺。就这样，孟浩然的求仕之路被他自己亲手葬送。

作《岁暮归南山》时，孟浩然对封侯拜相仍是留有向往期许的，但《留别王维》诗成后他便倾尽了最后的怨怼，决心填平欲壑，再不理凡尘："只应守寂寞，还掩故园扉。"这求官的一路似乎只有寂寞在忠贞地如影随形，知音难觅，芳草难栖，等待的结局多是遗憾，满腔热血而来总难逃败兴而归。如若终其一生的求索换来的只是理想壮烈地粉碎，那为何不与自己握手言和，关上那扇入世的柴扉。

扬州、庐山、吴越、洞庭湖、鄱阳湖、太湖……后来，孟浩然遍访名胜山水，也在山川古刹间寻得了安慰。吾心归处是吾乡，这一刻，漂泊了许久的心在远行跋涉间被治愈，不辞长作岭南人，或许浪迹山水才是他真的宿命。

孟浩然是豁达，否则也不会写出“人事有代谢，往来成古今”的佳句。失去的他不会苦苦追忆，错过的他也不会栏杆遍倚。他抱诚守真与人世做着交易，通过悲欢离合的琐碎看开万千道理……

襄阳的鹿门山因庞德公曾在此归隐而被奉为隐逸圣地，孟浩然也是在求仕不成后，来到了襄阳：山寺里空灵的钟声传至山谷，穿透了缭绕烟霭，呼唤着晚霞落幕；渔梁渡头的喧哗声，虽吵嚷却也不胜亲切；人们行色匆匆地从沙岸走近江村，远处每一盏灯火里都住着一位临水照花人，而朝着各自家门奔走的皆是春闺梦里人。江心渐落的太阳是众生的灯火，照着旅人回家的路，也昭示着日复一日、日升日落的平凡同样让人震撼、感动。

游历此间的孟浩然也离开了沙岸，不过，他的目的地是在对岸。在小舟都已默契靠岸时，他一意孤行地驶入江心，同那落得只剩半圆的红日在波光粼粼中一起入了画。海雨天风独往来，有些美妙是需要孤独来成全的，否则哪会生出什么遗世风景。

待到小舟飘摇到对岸时，已是月色朦胧时分。孟浩然走到了庞德公隐居的旧址：岩穴、小径、劲松……严肃得千百年都一个模样。除他一人外万物皆静，在这里，如若有分毫关于凡俗的念想都是对风物的亵渎，所以，他连心跳的声音都想自行控制。这就是山林的魅力，你栖身于它的气压，便要遵从它的节奏吐纳。从踏上这片土地伊始，孟浩然便真正成了隐士。

“看取莲花净，方知不染心”。跌跌撞撞后他还是那个他，也还是一尘不染的心，仍对山水虔诚，仍对万物笃爱。人世的戕害难免，他的淡泊难得。

后来，王昌龄遭贬，途经襄阳时忆起老友孟浩然，便去寻他讨杯酒喝，多年未见的二人狂歌痛饮，喝得耳热眼花。其实此时的孟浩然因后背生了毒疮，正在用药阶段，但他仍不顾滴酒不可沾的医嘱，放肆豪饮，以致乐极生悲，在饮宴过后不久便病发而逝，一生就这样谢幕。

我们不可妄断是积极求仕以身报国的好，还是独善其身乡野寄情的好，就像是辉煌灯火与灿烂星辰的区别，是异样的闪耀，却是同样的夺目。

孟浩然虽少了些恣意汪洋的豪杰气概，却发扬光大了他的田园诗派。他以为这一生都在独往来，却不知有一代又一代的拥众，瞻仰他的伟岸，也爱着他的诗篇。

“夜来风雨声，花落知多少”，转眼，他又伴着一代人成长了起来……

4 遍行川江　断肠还乡

菩萨蛮

韦庄

人人尽说江南好，游人只合江南老。
春水碧于天，画船听雨眠。
垆边人似月，皓腕凝霜雪。
未老莫还乡，还乡须断肠。

四十五岁那年，韦庄再次赴长安应举，而此时正值黄巢军队攻入长安，旧时的天子脚下今已国将不国。战乱里的黎民百姓们仓皇逃窜、骨肉相离，万马腾跃之声如雷从地涌。禁城内库中的琳琅锦绣都被烧成了灰土，天街上暴露的都是昔日公卿贵族的骸骨。

原本是一场农民起义，可到头来受难的还是百姓。战火蔓延了百里，就连周遭的小县也被席卷得破败：田园无主、人烟寥落。平日香火旺盛的山神庙也再没人来供奉，庙前的千年古柏被拦腰伐断，殿里的香炉像是被人刻意踢倒撒了满地香灰。壁画上的阴兵阴符失了“神通”，香案上的神物神水没了“法力”，可怜这一方土地，纵是“山神”也无力守护。

继而彭城内乱，通往开封的路也被彻底阻断，眼下郊野、河边尽是死尸。这里可是韦庄心心念念的长安啊，十年寒窗，他无日不憧想着来此一展抱负。可如今，这片血染的山河、颠倒的乾坤又怎有一落魄秀才的用武之地。

国是多难之秋，他又何尝不是。狼烟遍地的城池、身膏野草的白骨，还有无力自保的惶恐。韦庄望着千疮百孔的城门，满腔的遗恨和着血泪大口大口地向下吞咽。他既走投无路又求助无门，一颗心拆了两半，一半牵挂着百姓、一半忧思着家国，若是无意让他报国又何苦给他志气。

后来，韦庄闻得江南风景与长安两异，那里的城池固若金汤，黄巢军几度攻打皆不能下；那里的主帅爱民如子，缉贼除盗、访贫问苦；甚至在各地皆洪水泛滥之时，唯独江南平坦如砥。

“人人尽说江南好”，使得韦庄对江南的向往愈演愈烈，想是志士仁人们都有一颗投靠明主的心。韦庄在道听途说中得到了一种指引，他深信江南正在张开着怀抱，愿做他的第二故乡，将他收留。

昼夜兼行，终于到了江南一带，若非亲眼得见，韦庄真不能信同一片江山之下能生出如此两级的反差。江南好似天上人间，尽是平顺的气数：街巷里热闹兴旺，山场田畈整整齐齐。茶家慷慨周至地招待着水客，在这里甚至见不到一段废弃的路或是一颗枯死的树，而此刻长安则是满地尸骨。

到了江南他便也不再是过客，谁人不想老死在温柔乡里。他是历经劫毁的人，自是知道和平的可贵。这里的江水比天空还要青绿，岸边的女子当垆卖酒，白臂如雪，纵是游蜂浪蝶来轻薄，她亦是柔顺。江中有红袖在彩绘的游船上招手揽客，嬉笑嗔嗤声常有却又不显轻浮。

韦庄本不爱珠光宝气的庸脂俗粉，曾以为顶着一张素面捣衣便是最近人情的本真，所以，他本不爱江南：这里的脂粉气太重，雨下起来就是几天不绝，庄严的楼台偏要涂上些彩色，人也不爽直泼辣，小舟长久地曳在水乡总失了足履平地的踏实。

但有一瞬，他爱极了江南，因为这里是仅剩的有情江山。韦庄躲在垂柳之下，听杜鹃啼遍千山。不远处的戏台正上演着“踏摇娘”的歌舞戏，乐声一起便勾起了韦庄童年在鄠县的记忆：那时，梨园家班一到鄠县演出，韦庄与附近的小孩子们便结伴来看，那唱词他只听一遍即可复述，每每教坊音一起，小小的他便跟着戏台上的倡优们有款学款。

转眼多少年了，韦庄口说着“未老莫还乡”，却又无时不在思帝乡。“洛阳城里春光好，洛阳才子他乡老。柳暗魏王堤，此时心转迷。桃花春水绿，水上鸳鸯浴。凝恨对残晖，忆君君不知。”诗人心莫测，一时是放浪形骸恨不能老死江海，一时是滂渤怫郁、感慨杀身的余波。

数载江南载酒行，换作旁人早就习惯了这里、融入了这里。但韦庄不同，只要看见如血残阳遥挂天际，他便好似亲见着长安城内的杀伐兵气，战争对他的荼毒便是在他记忆里将喋血画面重复着放映不停。

魏王堤上杨柳依依，洛阳才子心事凄迷。他在万里晴空下淋了一场滂沱大雨，他在云端之上看了一场上古洪水，他在盛夏之夜走入一场风饕雪虐。

到底是离人，安土重迁的情怀将他一辈子羁绊，能逃离战乱的他多么幸运，可他自己总将这种幸运解读成逃离背叛。

大多人写诗，着重点都在语言：遣词华丽与否、韵脚相近与否、语境通畅与否，若皆能满足即可认定为好诗。至于道德的东西反而放在其次，以致本末倒置，挂一漏万。

而韦庄的诗词则将笔力都用在了道德、风骨、情怀之上，对语言的追求反而次之。可阅读起来仍是无人不为他倾倒、被他征服，看他将诗中不具象的东西翻转成华丽。陆游言下的“妙手偶得”就该是韦庄这样：当他不刻意追求铺锦列绣之时，文字的美感反而呼之欲出、浑然天成。

“不知魂已断，空有梦相随。除却天边月，没人知。”“魂”“梦”“月”是千百年来千百诗人用以寄情或是歌咏的，以致在我们听多见多后就没了原本的清明意境，一旦施用不当必沾了拾人牙慧之嫌。在韦庄笔下则不然，本是同一轮月亮，他的能闻人世耳语、能解人间风情；同样是黯然销魂，他的断魂有月知，又有梦随。

“遇酒且呵呵，人生能几何。”这是韦庄在酒醉后写下的，读来难免觉得“呵呵”二字用得敷衍，像是本不胜酒力却醉得酩酊，又在烂醉时偏要持觞挥毫，以致有了这阕“有失水准”的词。但拿出东坡居士的《行香子》中“且陶陶，乐尽天真”再一类比，便可发现韦庄整首词的高明与精妙都在此句，他“遇酒且呵呵”的笔法在苏轼处更是得到了继承与致意。

“妾拟将身嫁与、一生休。纵被无情弃，不能羞。”又有人说韦庄的词少了些骨气，儿女情长多得腻人，吟诵起来总觉懦弱无力。这种看法过于狭隘，结合韦庄的生平来分析，他更像是将自己放在文字里，以一位女子的身份，同他的家国诉说着衷肠。

离开长安时韦庄说“美人和泪辞”，千百的不舍都在这里，人世间最痛的离别再不过别鹤孤鸾。目断飞鸿，一路三叠阳关，韦庄又念起“几时携手入长安”，身尚未远他却早早开始想念。终于到了江南，风光霁月、海阔星沉，他却说“如今俱是异乡人”，画帘、凤舞，不是故乡的，他都无心去爱。

正如韦庄曾借一妇人之口将无限疆土上的风尘之变刻画如绘，《秦妇吟》不但是他的代表作，更是中国古代叙事诗中的巅峰之作。了解了这一背景，再看韦庄的“妾拟将身嫁与、一生休”，一句吐口则即刻生出了一种豪迈的气魄，而非女儿家的缠绵悱恻。他将一颗赤子之心许国，且是一生为期的承诺。

直到五十八岁那年，韦庄才再次回到令他牵肠挂肚的长安。次年，韦庄终于考中了进士，被朝廷授予校书郎职位。从白马玉鞭少年郎到霜鬓躬身一老翁，他满腔经天纬地的抱负并未在乱世中屈服。风雨如晦仍将经书翻烂，黎明即起不坠于暮气。

光化三年（900年），宦官夺权发动了宫廷政变。韦庄对唐王朝彻底绝望，他知道长安再不是他的长安了。

回想起昔日江南的好景气，想起丝茶桐油的民间活泼，想它的美轮美奂、与世无争，想它在人世大震动里只顾己不顾人的自私与安宁。“如今却忆江南乐”，他本该“白头誓不归”的……

最终韦庄既没有老死江南，也没能守护长安。在唐王朝覆灭后，韦庄投靠了王建，并辅佐王建建立了蜀国，从开国制度、号令到刑政、礼乐皆由韦庄所拟。

韦庄在蜀地做了三年宰相，他安富恤穷、大兴仁政，并以智慧化解了一次又一次外部藩镇的骚扰与入侵。这一身经邦论道的才学终于有地施展了，只可惜岁月不饶人，此时的韦庄已经七十五岁高龄，奔走了一生，他太累了。

辞官归隐后的韦庄，更名为“多情”。人们最后一次见他竟是在长安附近，长安城外的咸宜观是他过去居住过的地方，观内只见一老态龙钟的身影朝向长安城的方向深情眺望，片刻间老泪纵横……

自那之后，世人再未见过韦庄。

读韦庄时，总会不由得生出一些自己的感慨，并非传统意义上的共鸣，只是单纯地跟着韦庄的文字在悲喜间转换。人动了情便再也不能中立地看问题，所以我自知对韦庄有些过度解读了。只是恨不能将自己对他的喜欢全部泼溅出来，以清亮的声响引得闻者六神皆惊，让世人像折服于自然的鬼斧神工一般崇拜他天成的词境。

“春日游，杏花吹满头。陌上谁家少年，足风流”，春生夏长，杏花满头、金玉满堂。如此干净的笔墨里有大局又有细谨，好似一把扇子能画下一片江山，哪怕留白处亦有清和的讲究。

是谁将天与地都装在了他的文字里……

5 水是眼波　山是眉峰

卜算子

王观

水是眼波横，山是眉峰聚。欲问行人去那边？

眉眼盈盈处。才始送春归，又送君归去。

若到江南赶上春，千万和春住。

王观词一度被定论为境界狭小、囿于传统格调，甚至还被诟病遣词轻慢、华而不实。但又始终存在着另一种相反的声音，它们同样振臂高呼了千年，说王观作品兼备清新瑰丽，词风无双，誓要为王观正名。如此两极的观点互相驳斥着，王观也在这场争论不休里立体了起来。

《卜算子·送鲍浩然之浙东》应是王观现存词中的巅峰之作，这首送别词格外清丽。词中鲍浩然其人唯一可考的便是王观之友这一身份，他们同是浙东人，也同在异乡为客。《卜算子》的背景便是在二人都辗转多年后，鲍浩然终于可以荣归故里，而王观还需继续漂泊。

送鲍浩然返乡那日，王观心绪复杂，千言万语堵在他喉头，能够倾吐的也只是一句毫不相干的“水是眼波横”。乍听无关痛痒，可凡事就怕琢磨。这首词的出挑之处便在于它不但跳脱出了古来送别词一贯的哀伤词境，反其道而行以语带双关的方式将婉转情思巧妙展露。

无论是同王昌龄的“洛阳亲友如相问，一片冰心在玉壶”相比，还是同韩愈的“云横秦岭家何在，雪拥蓝关马不前”相较，它都毫不逊色。

王观既有书生气又有江湖气，能接受最好的也能承受最坏的，他有一颗入世的雄心又不惧身栖草野。可也恰恰是这一点，让他在为官之时仍一副打抱不平的侠义心肠，又在遭贬之后难免因壮志难酬而怅怅不乐。升迁荣辱于他总是一言难尽。

在嘉佑二年（1057年）考中进士后，王观先后被任命为大理寺丞、江都知县、翰林学士，又因作《扬州赋》《扬州芍药谱》等备受朝廷器重，成了皇帝眼前的“红人”。

宋神宗十分欣赏王观才学，特命其作《清平乐》一首，也等同于间接为他的升迁铺路。可浸淫官场多年的王观，却未能呈上神宗意想中的佳作，白白浪费了多少风月主人们求之不得的良机。

“黄金殿里，烛影双龙戏。劝得官家真个醉，进酒犹呼万岁。折旋舞彻伊州，君恩与整搔头。一夜御前宣住，六宫多少人愁。”这是王观应制的《清平乐》，他非但没有歌功颂德，说些盛世太平、得君行道，甚至连感念皇恩他都“忘了”写。

大胆的王观在他的《清平乐》里把天子的后宫直接展露给了天下人看，后将统治者用以遮掩丑恶的光环一并扯下。帝王家见不得光的秘密就这样被他“堂而皇之”地公之于众，所有荒淫无度、昏聩丑恶的面目在被抽去了遮羞布的掩盖后尽数露了马脚。

朝堂之上，有多少长袖善舞的钻营，黄金殿里，有多少钩心斗角的算计。王观所描绘的画面那么真实，又那么不堪：摇曳烛光同寝殿里两个依偎的身影一样暧昧不清，那是一位宠妾正在帝王耳边道着软语。媚眼如丝的她称皇帝为“官家”，帝王追问缘由，她则道：是谓三皇官天下，五帝家天下，而陛下乃三皇五帝之德，自当是“官家”。一张伶俐嘴哄得龙颜大悦。

如此还不可罢休，她又持觞劝酒，脉脉含情一口一个万岁，仿佛君王醉在她怀里，天下也便握在她手里。待到“官家”真个醉，她又起身舞起了《伊州》，那是西域传来的歌舞，只在太平盛世里才起，这宠妾果真机敏，种种示好都正中红心，怕是也只有她自己知道，这一切是早早排演了千遍还是她的真情流露。

“官家”被她哄得动了情，人已东倒西歪还不忘帮舞罢的宠妾整理好搔头。一个是心机深重用尽浑身解数，一个是勘破所有

“高明”仍乐得此间风情。终于御前宣住了，千恩万宠也都是她的了。

在《清平乐》的最末一句，王观再度出其不意。他不再是那寝殿里不动声色的第三人，而是放眼整座皇城，道出了六宫里成百上千女子的苦楚。多少个夜晚都是这般一人得意、六宫失意。整片宫阙只有那么一扇门里是红烛帐暖，其他的宫闱则是锁孔灌铁，逃离不掉的期艾。大片的浓愁是一隅欢喜的代价，恩宠冠绝更是对多少渐凋朱颜的嘲弄。有情者、无情者在同一片皇城、同一刻时辰竟都是帝王家。

这阕词在呈上的第二日，王观便被罢官了。高太后怒言此诗为大不敬，是亵渎了神宗。而王观似乎早有准备，他打理好了行装，自号“逐客”，再不涉足官场。他累了，也是真的厌倦了。

官可以不做，词还是要写的。王观将自己多年所作诗词仔细整理成册并命名《冠柳集》，意为高出柳永之意。只可惜这部《冠柳集》失传已久，今人无幸得见，更无从评判是否真的在柳三变之上，是否名副其实，只能通过仅存的寥寥几片得见词人风采。

《卜算子·送鲍浩然之浙东》应是王观作于被罢官之后，纯净挥洒，行间字里都是向好的祝福。他说“若到江南赶上春，千万和春住”。听来总像是客套的叮咛，可再一细细端看，便知这并非王观信手拈来，反而是一种思虑良久后的殷殷重托。

是他自己无缘于追欢，他背负了太多，重到跟不上春的脚步，更被那个只愿拥抱生机的季节厌弃。所以他将愿景寄放在老友身上，希望那个涉世未深的人、那个满身纯白的人、那个远离官场的人能永远活在轻松惬意的春日里，而作为“逐客”的他早被污浊染了身，也就无缘纯粹。

美人的眼波若水，美人的眉廓如山。他前来相送的那人，便是要去到山水交汇之处也是那眉眼盈盈的佳人身畔。无论正史、野史都没为鲍浩然留下一丝笔墨，他应不是什么陶朱之富，更不是什么达官显贵。他该是无关紧要的，也是那沧海一粟。可王观最为羡慕的正是鲍浩然身上平顺的气度，与人世的贞亲他皆有，看似暗淡却华贵到刺眼。

大半生都曾用来追求功名，到头来却总得不偿失丢了自由。真真是俾得了大眼光，可对万事又多了层层不该有的防备。

跳梁小丑们讥笑着王观，说他堂堂翰林学士却作不出取悦君王的诗。他自己知道，只要他愿意，所有的华丽辞藻都甘愿听他调遣，不费吹灰之力便能织就起凤采鸾章，他的扬葩振藻必将盖过同期所有文章的光芒。

只是后来，王观不愿意了，他恨透了伪善，也不想粉饰太平；他不甘只作喉舌，为自己所不齿之事一次次地遮羞；他怕有一天，倾覆的倾覆，败露的败露，而他这个政客只能默默背负着骂名。既然是这支笔得来的功名，便该重新用这支笔尽数还回去。

荣华的帷幕落下了，王观像极梨园里的封箱人，悉数整理着过往，如数家珍也敝帚自珍。亦像是那坐思闲云的后山人，自觉自知自坦然，只是更多了些伤感。身在金沙金粉的宁静里啜饮香片、在漫山遍野的芳草里放逐天性、藏身在书海经沙里漫无止境。想来可笑，筹谋了一生，最终告别的姿态还是落荒而逃。这心是逃到了功名之前，这苍颜还是逃不过岁月变迁。

词工是轻狂了些，但对人世他还是敬畏的。王观似乎最终也没能如愿回到如皋老家，他将这遗憾写了又写，一笔三叹。月落乌啼的时分，他悄立轻寒里看着船舫渐稀，耳边是《金缕曲》，万里之外的家总是回不去，“身未发长沙，梦魂先到家”。

又一年寒梅飘来暗香，一枝冷艳在手，思念却不知当寄给谁听，“怨极恨极嗅香蕊，念此情，家万里”。不知是怎样的身不由己让他那么想念故地却又迟迟不敢归去，“花易飘零人易老，正心碎，哪堪塞管吹”……

王观还有一片《红芍药》同样作得极好：“人生百岁，七十稀少。更除十年孩童小，又十年昏老。都来五十载，一半被睡魔分了。那二十五载中，宁无些个烦恼。仔细思量，好追欢及早。

遇酒追朋笑傲，任玉山摧倒。沉醉且沉醉，人生似、露垂芳草。幸新来、有酒如渑，结千秋歌笑。”

他的词赋宽慰了不少人，到他自己身上反而像乱了阵脚。说清醒他也清醒，说混沌他也混沌。盛者必衰、慧极必伤，也或许是他早早想好，人生过得去便好。所以用着世人所不解的方式活得清醒也混乱，过得洒脱又拘谨，留一半真实说予人世听，也藏一半秘密带入棺椁。

他应是不希望人们来穿凿附会的，所以只爱他的词便好。当“水是眼波横，山是眉峰聚”的韵脚一顿，便知是王观来了。如此，当是对他至上的礼赞。

6　三地听雨　四方漂流

虞美人

蒋捷

少年听雨歌楼上，红烛昏罗帐。
壮年听雨客舟中，江阔云低断雁叫西风。
而今听雨僧庐下，鬓已星星也。
悲欢离合总无情，一任阶前点滴到天明。

有人将一生写进了一首词，总怕读到这种简明又刻骨的字句，仿佛眼见着好端端的一个人一夜成长而后飞速衰老，可那人偏偏又将那老去看得淡然无惧……

站在今时今日回望，蒋捷的这首《虞美人·听雨》像是用着蒙太奇的笔法将时空大手笔地剪碎：跨过三千里地家国、跨过数十余载岁月、跨过毕生的林林总总还有郁郁悒悒，而后将那云魂雨魄听满了一生为期。

正值少年，他是凤雏麟子而又盛才极富，高傲轻狂在所难免。蒋捷亦是风流，爱极红妆、拥花眠柳是那时日常。美人软语、红烛帐暖，他便在那绵密的温情里流连忘乡。大把的时光就此溜走，他又怎不自知那是虚度。可是虚度于他也无妨，对多少人来讲虚度人生也是一种奢望。他总爱在莺歌燕舞中沉沦，就像有人爱豪赌，宁愿只享一时豪掷的畅快，哪怕之后是永久的债台高筑、千金散尽。

转眼壮年，也已是南宋的末年，文人的敏锐使他察觉了国家的气数将尽，此刻的蒋捷早已撤下了红烛与罗帐、喝去了犹唱《后庭花》的歌女，独独挂怀着家国的命运。只可惜书生报国无长物，蒋捷徒留了满腔的国仇家恨无处可发。带着迁客旅恨，他作别了家乡。梦里不知身是客，蒋捷独立舟中，江水依旧雄浑，只是易了主人；层层黑云下压、迫近，让人窒息得恐惧却又不敢呼救。在那一场西风的呼啸里，有人迎风泪流。

再来，已是两鬓飞霜，川字的纹路在两个眉头间深刻，年岁除了苍老还予人愁苦。蒋捷在僧庐之下避雨也听雨，听嘈嘈的急促，也听切切的私语。天欲晴不晴，屋顶的草檐依旧点滴连连。终于人到晚年，也再发不出什么惊天动地的感慨，悲欢离合若是无情，便且随它去吧，他那芸芸众生的视角，除了认命与仰望，又能扭转些什么呢。

文字总是能在机巧的组合里充满气力，这也便是诗词歌赋的魅力所在。若是早已读倦了花间旖旎、风月情浓，便读上一首蒋捷，读他看似毫无生机却又字字千钧，读他满眼无奈却又了无挂碍，读他总是简单却又禅意满溢，可你又从不敢说你读懂了他的情意万千。

人都说岁月如诗，而又鲜有人能将岁月这首诗写得通透澄明，蒋捷则不然，他是佼佼，他的诗意总能清澈得像一汪水映着晴空。只是时局的改弦更张让他的许多佳作沦为了沧海遗珠，蒋捷着实是被低估了。

宋虽亡了，作为“前朝遗孤”，蒋捷的笔法却愈发微言大义饱蘸春秋，《一剪梅·舟过吴江》作罢，再论时空里的诗意，无词能与之比肩：“一片春愁待酒浇。江上舟摇，楼上帘招。秋娘渡与泰娘桥，风又飘飘，雨又萧萧。何日归家洗客袍？银字笙调，心字香烧。流光容易把人抛，红了樱桃，绿了芭蕉。”有多少人，将这首词背得烂熟，它朗朗上口，却不烂俗。

蒋捷将那杜康也难解的羁旅春愁装了满船，船在吴江上飘摇，帘在窗沿边招摇。行径秋娘渡与泰娘桥，旁人都在叹那云蒸霞蔚、斑驳妖娆，只可惜蒋捷独与这风景难以契合神交。所谓看花满眼泪，这一方山水再绝妙，终究不是吾家吾国，又能与他何干。蒋捷所能切身感知的无非“风又飘飘，雨又萧萧”。

何日才能返乡，多想洗这一身沾染尘劳的客袍，也一洗这满是尘埃的心绪，多想再点燃家中那熏炉中的香盘，再调弄那镶银的笙箫，那些想忘的总是忘不掉，记忆为何这般苦苦折磨。春色有情，春光无情，任人劳神费力地追逐，它听完那“妥帖安放”的盟誓，却终究还是把人抛却。再回首，樱桃红了，芭蕉绿了，夏又来了，春走了……

蒋捷原本是南宋进士，生于鼎食鸣钟之家，若无时局和命运的共同摧戕，他本可在阆苑琼楼中安稳度过一生。只是后来，南宋的山河被蒙古的铁骑残忍踏碎，为不与贼人谋，蒋捷放下了优渥的生活，选择了流放自己、隐居不仕。因其忠贞不贰的气节，世人便尊称他为“竹山先生”，毕竟是从歌舞升平的“高楼上”转眼遁入环堵萧然的“僧庐下”，不是谁人都能甘愿委身。

蒋捷的文字像极他的宿命，总是悲壮又悲情，令闻者无力，而后对他充满没由来的歉意，不愿他起落无常，不愿他新凉遍尝。好在还有一首名为《霜天晓角》的小令可以予人些许安慰，也在他那遍体鳞伤的沉痛里寻得一隅轻盈：“人影窗纱，是谁来折花？折则从他折去，知折去、向谁家？檐牙，枝最佳。折时高折些。说与折花人道：须插向、鬓边斜。”

那是南宋的强弩之末，数股势力竞相拉锯，也在分庭抗礼间维持着岌岌可危的平衡，那时，蒋捷的家族也还未没落。某日午后，蒋捷独坐房中释卷远眺之时，忽有一眼生人影映上窗纱。那毫不鬼祟的姿态不知是哪来的磊落，蒋捷细思那擅闯者或许只为折花，毕竟蒋家的花园因百花斗艳而远近闻名，每到夏日，前来赏味者无数，真正胆敢折花者却是寥寥。

蒋捷并未上前阻止，而是透过窗纱看着那袅袅婷婷的背影在花丛中穿行，正当头的太阳照着花枝，也照上那双起起落落的霜雪皓腕。那女子的发髻随意一挽，满头亮眼的乌黑没有任何发饰的点缀，想来应是寻常人家的谁谁，她本路过花苑，耐不住春色引诱，于是，便想折下几枝独嗅。

那就随她折吧，人面总需花相映，更别管，摘了花她又将去到哪里与谁相庆。且告知她，屋檐边那一只，我曾爱了好久，它开得嚣张也最醒目，姑娘若是欲折，便折高它几寸，斜插在鬓边，你会比那花还要娇媚。过了好久，那女子尽兴而归，他也倦眼欲睡。那虽是一个普通的午后，却是他记了一辈子的午后。

尽管世人爱着的总是千帆过尽的他：洗尽铅华，成熟深刻又简净，而他最爱的始终是那个年轻的自己：青衫不染尘，客袍还未加身，独行独醉还独卧，与世事两不相欠，风流快活。如若可以，谁又不愿永远做个花间词人，只与春花秋月共亲密，心事都说予江海听。而非彼时的他违背着本性，自持着修行。

哀伤之也神往之，这是蒋捷词风与人性共通的力量。你随他悄然进入一种情境，在内里遨游也周旋、煎熬也安然。一旦他行文休止，你便会回味绵长，戛然而止的无措全无，只剩畅快或是怅然。

你与他不知是哪里来的默契，你似曾相识他每一句的遣词，好像千百年来文字就该是这般端然地有序，它们排列已久，只等待被发掘探寻，而蒋捷便找到了这一切自如的起始。生命虽唐突了他，他却以自成一派的佳作点亮了宋词。

爱上蒋捷的一阕词，也便等同于爱上了他的整个人生，无论忧思还是欢愉，无论招摇还是安宁，都不能割裂来看，因为他曾说：“悲欢离合总无情，一任阶前点滴到天明。”毕竟他那下了一生的雨，从不曾停……

7 人面何处　桃花依旧

题都城南庄

崔护

去年今日此门中，人面桃花相映红；

人面不知何处去？桃花依旧笑春风。

谁不爱那人面桃花相映红，谁不爱那清风粉树一苑芳。初春总是欲盖弥彰，相较之余夏景便多些坦荡。好似翠竹腊梅虽常被文人骚客所自比赞颂，却永不敌桃花那般能肆意开得嚣张。

爱桃花的人多爱浪漫，元稹一言“桃花浅深处，似匀深浅妆”，桃似美人浓妆淡抹、柔肠百褶。若有彩袖捧玉钟，定当拼却醉颜红，唯待她歌尽桃花扇底风。

万艳争色，桃从不失娇；百媚流芳，自挂满枝朱俏；红粉映云，香芬追风。唐寅随性，摘得桃花换酒钱，酒盏花枝，甘愿老死花酒间。

每每更深雾重，瓣泛滴露，重开一簇桃花无主，樱红满树。能置身此间，武陵人又何须欣羡，眼前的一树早是一幕天上人间。

从未恐东风作恶，吹得满眼飞红，只因癫狂柳絮、逐水桃花各自是一番暧昧怡情。拾坠地落花煮水煎茶，望乱红如雪饰窗纱；罗袜翠衣染迷蒙烟雨，溪丛深处邂逅古道人家……多少人在桃林里，未言心相醉；又多少人在桃林里，看花满眼泪。

肩上桃花、心口朱砂。被人爱到极致便是“残红尚有三千数，不及初开一朵鲜”。初见便爱它独卧一枝、无与伦比，待到春色满园，反而相思成灾。本以为这一世孤高桀骜，早已目下无尘，未料得那倾心一见方知世有桃花。可叹未及采撷，却已飞花入泥，可怜那爱花人终成了那锦屏人，无奈忒看这韶光贱。

说古人爱桃花，不如说是爱那一种情怀、一种意境。桃花素来软懦、不见风骨，却也无碍它成为被寄景抒情的对象。煮酒花间、人面桃花、莓苔点点、染泉映霞，此间良辰美景，此番似画芳华，谅谁得见都未能“免俗”。

登第那一年的清明，崔护独自一人到都城南寻芳，他资质甚美，是摽梅之年，也是惨绿少年。从清晨到晌午，走在田亩间的崔护看着丛生的花草心旷神怡很是惬意，若不是头顶的烈日烤得他口干舌燥，真恨不能忘了时间，就此寄身田园。

为了讨口水喝，崔护叩响了不远处的一扇柴扉，他叩了很久都未见有人来应。就在耐心行将耗尽时，才听见有脚步声从院内姗姗传来，柴扉被拉开了一个缝隙，一只桃花状的眼睛从门缝露出，瞳孔里好似漾满了水，弯弯的眼角像极飞星。

崔护有些恍惚，直到那门中人问道“是谁”，软糯的声音直戳他心，崔护半晌才回过神来，他毕恭毕敬道：“寻春独行，干渴求饮。”女子闻后不再防备，大方地拉开门，侧身邀请崔护入内。

这女子的性子着实有些寡淡，在为崔护送上水后，便再不言一字。她独自倚靠着院中的小桃树，双眼朝天边望去，眸子里好像装着深不见底的秘密。

崔护一面饮水，一面肆无忌惮地打量着那女子，艳阳、桃花竟都不敌她万分之一美。想着她应该是从天边偷来星辰镶在了眼角，又学来远山的轮廓挂在眉峰。她肌肤胜雪，梨蕊都不能及上一丝白皙，她娇艳欲滴的朱唇饱满又晶莹……起风了，女子耳鬓的黑发被轻轻扬起，不知是她的体香还是桃花香扑进了崔护的鼻息，无论动态的她还是静态的她都美得令人窒息

女子美得就像一幅画，崔护想同她说些什么，却怕一开口反将所有意境毁坏。于是，他一口接一口地饮水，又不愿太快喝完。

“桃花真美。”过了许久，崔护还是开口了。那女子闻声收回了远望的眸子，转而看向他，只是仍旧沉默着不着一言。

四目相对的一瞬，崔护只觉是天旋地转，这分明不是人间，人间哪配拥有这样美丽的她。女子的一呼一吸里都是风情，美得毫无侵略性，却也让人只敢远观，不能造次。

水饮尽了，崔护也便没了继续逗留的理由。他在同那女子道谢后，便一步三回头地离去了。女子将崔护送至门口，重新掩好柴扉。门外隐约传来一句："我还能再来么？"久久没有回音，除了漫天纷飞的桃花，万物都是静默。崔护本是踏春而来，末了却怅然而归。

想他崔护也是昂藏七尺、气度不凡，多少人东墙窥宋倾慕他翩翩风采，可这女子竟待他如此冷淡，崔护不由得有些泄气，心想着再也不见。

转年，又是清明，看着窗外开好了的桃花，崔护的相思之情竟泛滥了起来。理智再不能抑制情感，崔护搁下笔，匆匆夺门而出。寻着去年走过的小径，他又找到了那间熟悉的庭院。看着从外面挂上锁的柴扉，崔护的心瞬间凉了半截。可他还是不愿死心，将那柴扉叩了许久，叩到关节发红，戕出了血印。

还是无人来应。春风又起了，漫天的桃花是他漫天的伤心。崔护在左扇的柴扉上写了那首著名的《题都城南庄》："去年今日此门中，人面桃花相映红；人面不知何处去？桃花依旧笑春风。"只有他自己知道，他究竟错过了什么。

也不算遗憾吧，至少曾经亲睹过。被一颗朱砂痣羁绊了一生也总好过从未动情、从未爱过。“料多情梦里，端来见我，也参差是”。她也应是多情女子，总会有人入她的梦，所以她眼里才会有那么多的深沉与伤悲。早知如此，他该再早些来寻她，在她爱上那个让她伤心人之前，先同她山盟海誓定下契约，再护她一世周全，恨只恨天不遂人愿。

古人总是将“拂衣辞世喧”挂在嘴边，利禄不及境偏、尘土不及烟霞，“洛阳道”怎堪比“桃花路”，“君下臣”怎能胜“酒中仙”。于是，他们便追逐起那桃源仙境，哪怕寸土寸金。遗憾夙愿终不得偿，唯有寻得那一桃树，使之勉强成为羁旅处。

或许是前人遗风，今人也开始模仿。未曾竹杖芒鞋，未有萧瑟回首，却一见桃花只言风流，但见残红只叹败兴。唯有烂醉答春风、笑骂啼莺，直至暮野四合，悻悻归家。追求一种志趣本不该定义为肤浅，只是有太多人颠倒了黑白，世故代替了故事，还依旧附庸着风雅。

若没有这一首《题都城南庄》，崔护的诗名也许会暗淡很多。但他一语“人面桃花”又攻陷了多少伤心人的铜墙铁壁。或许有时暧昧更好、得不到也更好，有太多顿悟都是在无可奈何里参破的，浮世无常也便是最寻常的道理。春桃始胜，欢愉的、悲戚的，有多少故事正在发生，又有多少人被一瞬间的心动误了一生……

第三章

残月满江忆旧香：那些挂怀的老旧记忆

1　浮生只合尊前老

虞美人·寄公度

舒亶

芙蓉落尽天涵水，日暮沧波起。

背飞双燕贴云寒，独向小楼东畔倚阑看。

浮生只合尊前老，雪满长安道。

故人早晚上高台，赠我江南春色一枝梅。

夏日渐歇，曾嚣张开了满池的青莲都已凋谢；天色向晚，余晖映得长空一碧如洗；突兀的风袭人，顺带卷起了沧波漾出层层粼粼。他不懂，为何这世间的一切热络都在飞速冷却，那万籁俱寂是怎样掩盖了那沸反盈天。

他看到那原本比翼的双燕，最终各自两端，寒云裹挟，它们便背弃了当初同栖同归的誓言。这一双燕多像他与那本是莫逆之契的故友，他们受着时局的胁迫、跨不过那隔绝的烟波，在本该日亲日近的年岁却是与日疏离难相见。

他独自倚栏远眺，眼前一切的雄浑与萧索都是他心境的写照。转眼，阔别旧友已是经年，离别让他的无有拘囿变得瞻前顾后，他甚至不敢问上一问，问那故人安好否，唯恐答案是那善意的言不由衷。

时光荏苒，恍惚间竟已隆冬，所以他才说但凡过去的都是浮生……

鹅毛大雪落满了京城，他一人在长安道上行走，若非足印渐深，他还不知雪已积了多厚，厚得让他那所剩无几的黑发转瞬白头。此一时怕是只得去一寻常酒家，靠一红泥火炉，温一新焙清酒。与挚友的离散让他不知除了在杯酒中老去，又该以何遣怀。只得在年终岁末的季候里，在半梦半醒的困倦中，回味往日热闹的推杯换盏。

他已如此孤凄，友人那端该是如何光景，是更有甚者，抑或是聊胜于无？是否我这方拍遍栏杆，你那方早晚高台；我这方以酒赠饮，你那方寄梅报春：“故人早晚上高台，赠我江南春色一枝梅。”

曾经不懂什么是平静深处的歇斯底里，不懂所谓的于无声处听惊雷，直到读了这阕《虞美人》。上篇描写的都是寻常风景，若有似无地流露出浅白心事，没有渲染、没有惊艳，甚至毫无新意。直到他在词的下片走入了一场大雪、说着浮生尊前，而后再没人敢上前去劝解，只因“人生何处不离人”的论调于他太过残忍。当全世界都跟着他伤心，他却突兀地掉转了笔触，在末尾优雅点睛：像期待一场相逢一样期待着一枝寒梅。

最令人不忍卒读的便是那一种毫无缘由的执着心绪：在冬日里等春雨、在沙漠里植青莲、向暮色伸手要艳阳、同阴天乞求彩霞光。皆因为斩不断那情缘，便只得用奢想来自说自话地完满。想来词人舒亶并非粘皮着骨之人，但其词句却是柔肠百转，只让人深陷在他所临摹的意境里，层层沦陷后只觉周转不灵地着了魔。

“乌台诗案”让舒亶广被后世诟病，那是发生在北宋年间的一场文字狱：李定、舒亶等人为扳倒政敌苏轼，有意穿凿附会，摘取苏轼《湖州谢上表》中词句加以歪曲解读，并以“恶劣毁谤新政”为名将苏轼治罪，后将他关入乌台，史称“乌台诗案”。

舒亶此行，的确有悖君子之道，极不坦荡，并成为他毕生的污点，为后世所鄙薄。但抛却政治再睹舒亶其人，他确是才藻富赡，尤其他的词作，无论遣词或是立意都极其工整清丽。传统上人们都认同所谓“诗如其人”的取向，意指谁作的文章便会有谁的风气，身正自然诗正。但往往反证来看，就不难发现悖论的影子。

毕竟无论是人性还是文字都太过复杂，人有纯善与伪善，诗有质朴与张扬，二者之细分皆不能尽数，更不能简单地一言蔽之。更何况在旧时权力斗争的污浊中，出于本性的自保终归是在所难免，只能说舒亶其行确是有悖风骨，但也不难理解。所以，纵是再不齿舒亶其人，他的词还是可以割裂来品的。

若论意境，宋祁因“**红杏枝头春意闹**”中一“闹”字用得精妙，博得了满堂喝彩，并得一“红杏尚书”称号，好不风流。但我看来，舒亶的“**赠我江南春色一枝梅**”意境较之丝毫不输，甚至尤有过之。

舒亶的人生，也绝不止于个中借景抒情的婉约词派，他同时肝胆过人，有家国情怀，更有男儿血性。舒亶曾被朝廷委任出使西夏，同西夏议定划分疆界之事。而那时正值宋夏双方交战刚歇，边界两方守军仍旧处于鹰扬虎视、剑拔弩张的境况。见此状，为免去不必要的牺牲，舒亶随即喝下贴身护送的侍卫，单枪匹马地迈入了西夏领土。他全程面色泰然，那本是单薄的背影充满了舍我其谁的大义凛然与英勇豪迈。

面对着箭在弦上的西夏士兵，舒亶从容地拿出朝廷圣旨，宣读了起来。西夏的首领见他如此不识时务，不由得怒火中烧，将手中锋利的钢刀直接架在了舒亶的脖颈上，警告他适可而止、休要冒犯，那皮肉与利刃刮擦处的血痕清晰可见。可反观此时的舒亶，仍旧毫无惧色地慷慨陈词着。

此一行，他本就做好了蹈锋饮血的准备："烈士殉国、道家殉道"有何惧焉。或许是见惯了蝇营狗苟的蛇行鼠步之辈，却从未得见如此有武士之骁勇的文官，西夏君臣不禁尽数叹服。就这样，全身而退的舒亶，不但说服了西夏接受宋朝划疆定界的意见，还赢得了西夏君臣们的尊重与敬佩。

"黑白纷纷小战争。几人心手斗纵横。谁知胜处本无情。谢傅老来思别墅，杜郎闲去忆鏖兵。何妨谈笑下辽城。"这是舒亶在与仲闻对棋时，写下的词句，豁达而又饱含理趣：黑白棋子的合围进退间，好似一场斗智斗勇的鏖战。胜负本就无情，亦如战争总是非死即伤，有一丝仁慈便会有任人鱼肉的隐患，所以无情的本不是他，而是这世上弱肉强食的法则。他不会效仿那谢安归隐，也不愿学那杜牧去追忆赤壁的兵气。他从不纸上谈兵，但凡卷入了纷争或是战争他定是要争个高下，至于会否是那翻云覆雨手，他只信奉成王败寇。舒亶如此性格，也就不难解释那一宗"乌台诗案"。

性情中人写诗，总能轻易让人感同身受。哪怕不知那诗作背景，也会被那行间字里的若即若离吸引。再哪怕只作一闲散看客，跟着那诗中的画楼芳酒将红尘重新一走，也会是一种舒适享受。

所以，读舒亶，你不用刻意去学着领悟，只需一句一句慢诵，等着他在缓和里给你最切身的感动。舒亶像极了一个情真意切的说书人，道尽一生的如泣如诉或是如火如荼，他文字的精神永远俊拔不灭，纵是时光千万年的洗礼，你仍能感受彼时忧喜，正因为那自始至终的阅之“无隔”才显得实为难得。

“洞天云暖，一片笙歌远”“梦回春半、雪鬓无人见”。不知从何方蒸腾起了紫雾，夹载着花气清芬，不经意便闯入人的鼻息。在一片阴凉洞天里仍能感受到天高云舒的温暖，本以为偷得了风物柔软，却忽视了一片笙歌的渐远。

水波悠哉地摇动龙舟，诗人信步闲庭，如此人间盛却瑶池欢宴。只可惜故事最末，喜乐都是臆见。春日已半，斑白两鬓无人见，到头来，还是怕极了人间。

平静中的深刻，总是有着催人泪下的蛊惑……

2 贤郎怎不作宰相

病中诗

寇准

多病将经年，逢迎故不能。
书惟看药录，客只待医僧。
壮志销如雪，幽怀冷似冰。
郡斋风雨后，无睡对青灯。

“朕得寇准，犹文皇之得魏徵也。”多少年，只为这一言，他毕生披肝沥胆、碧血丹心，只为不负君恩……

寇准出身书香门第，其父颇有才学，曾在一贵族府邸为官，并十分注重对其子的培养教育。寇准七岁那年，父亲曾携他前往华山，体味登临意。本是总角之宴的年岁，他却咏出了“只有天在上，更无山与齐。举头红日近，回首白云低”，一鸣惊四座。这并非无忌童言，也并非年少轻狂，寇准是有大抱负的人，所以脱口而出的只会是他彼时最真切的心境。

华山高俊，只较天低，他伫立在华山之巅，将白云踏在足下。此情此景，旁人的感慨无非山高云淡，而他却有了登高一呼的志气。寇准的老师在看到了这首诗后，大为赞叹，并对寇准的父亲道："贤郎怎不作宰相！"只可惜父亲并未能亲眼一睹其子的宰相风采，在寇准还未得中进士时，父亲便已弃世，只留下孤儿寡母，过得饥寒困苦。

好在寇准习书日益精进，并早将《春秋》三传背得烂熟，朝乾夕惕、磨穿铁砚。终于，在十九岁那年，他考中了进士，并被授官大理评事，自此开始了一路青云的官场生涯。

寇准为人忠义刚正，虽足智善谋却从不以此钻营取巧。在某次奏事殿中，他因犯颜敢谏让宋太宗龙颜大怒，看着离开龙椅，将要拂袖而去的太宗皇帝，寇准竟未有一丝胆战，而身后其他的朝臣们则早已纷纷下跪请罪。寇准见状一把扯住了宋太宗的衣角，让他重新落座，并说服他把谏言听完再决定是采纳还是治罪。听罢了一番洞见肺腑的陈词过后，宋太宗的怒气已是全数平复，他不禁抚掌击节大赞寇准其心其言，并自比唐太宗，说寇准便是他的魏徵。

太宗皇帝对寇准十分倚仗，在一般大臣们都因"烛影斧声"而讳言立储之事时，唯有他在皇帝身侧积极与之商议谋定。在寇准被调任青州一年后才得以还朝时，宋太宗更是直诉想念之情，问他为何迟迟不归。某次，有人曾给太宗献宝——一通天犀，宋太宗则命人将其制成两条犀带，自留一条，赐予寇准一条。由此，宋太宗对寇准的倚重与笃信可见一斑。

当然，任谁人都不可能无丝毫行差走错，更难以佛口圣心、时时缜密周至，寇准自是一样。在宋淳化年间，太宗为寇准主婚，让其与赵匡胤宋皇后的幼妹宋娥成婚。三星在户，自然是连日歌舞酒宴、宾朋满座。在庆典声未息的某天，正值寇府内宾客推杯换盏、炊金馔玉的时分，却有位不速之客登门。

看府的门官带进来一老翁，只见那人芒屩布衣、蓬头垢面，与眼前的奢靡场面格格不入。那老者局促地搓着爬满老茧的双手，自报家门说着姓赵名午，寇准一听，便连忙叫上新婚妻子一同拜见，原来此人正是他老家的亲舅舅。

那老者即刻表明了来意：他本不想叨扰，只是眼见着寇府的夜夜笙歌，总会心有戚戚。舅舅是看着他成长的，曾经他家境贫寒，是寇母昼夜纺线织布，才凑得了供他读书的银两，就是在华洲会试当日，他的衣袍还带着补丁。但自那之后，亲眷乡里却再未得见他的身影，只知他鱼跃龙门、风光无两。直到寇母故去，他都因身在关外，未归奔丧。

话到此刻，寇准已顿悟舅舅的言下之意，想他毕生都以深明大义自居，可如今竟还需他人劝谏点悟，自觉惭愧。忠孝难两全，母亲的事他已无力回天，唯有以不弃初心、戒奢以俭来弥补。一番悔悟后，寇准劝舅舅入席，看着满桌的珍馐，老者虽是饥肠辘辘，却未有一丝半点的动摇，只留下一句“同州今年大旱、颗粒无收”，便匆匆离去。

之后的餐食寇准食不知味，耳边响起的都是自己曾经的信誓旦旦：上报君王、下抚黎民。不怕触怒了宾朋，寇准吩咐马上撤掉宴席，并宣布自此永不夜宴，继而连夜拟好奏折，在次日将同州旱情如实禀报给了宋太宗，为关中百姓减免了三年赋税。

青年时代的寇准原还有一大兴致，他爱闭门酣歌、爱舞裙挥扇。某日，一妙音女子被请来寇府唱歌，那人双瞳剪水，妙音绕梁，无论是声线还是身段都令寇准青睐有加、如痴如醉。兴会淋漓之时，寇准赏了她一匹上好的绫缎。可那女子却偏偏贪心不足，仗着有几分姿色，也不畏直言取祸：堂堂相府，竟这般悭吝。

寇准还未及表态，一旁寒舍出身的侍妾却早已直眉怒目：“一曲清歌一束绫，美人犹自意嫌轻。不知织女荧窗下，几度抛梭织得成！”正是这几句，唤起了寇准记忆中母亲昼夜纺布的身影，他太了解那一匹绫罗织物包含了多少织机的律动和织布者的血汗。他竟如此挥霍，着实无颜对亡人。就这样，本就戒掉了珍食飨宴的寇准又戒了声色歌舞，自此算是彻底归为至朴。

“饮食男女，人之大欲存焉。”寇准却一一戒除，努力向圣贤的方向修为。“**有官居鼎鼐，无地起楼台**”，这是后人对寇准的赞叹与敬仰，一人之下的他，清廉自守，没有家产，甚至连一片建房的空地都不自留。《桃花扇》有唱词：“眼看他起朱楼，眼看他宴宾客，眼看他楼塌了。”寇准的确是活得通透，不起楼台、不宴宾客，自是值得所有后生折服、叹服。

可惜多年的坚守自清，并未能让寇准在党同伐异的权力斗争中幸免。习不得虚与委蛇的伪善，寇准的为官生涯也并未能得以善终。天禧元年（1017年），寇准被丁谓等人构陷排挤，遭贬至雷州。虽是任一冗从小官，他却依旧不忘百姓，在那期间，他为当地的农民传授农业技术、兴修水利；为启民众之智，他亲自解说天文地理；修建真武堂，大力传播中原文史。

寇准竭尽了一生的气力，只为能践少年之志：抚恤天下黎民。

六十二岁那年，在病榻之上的寇准，作了他人生最后一首诗——《病中诗》。拖着那一身病骨，他自知那是心病难医；付诸了一生的心力，结局却是从庙堂到草野；看遍了诗书《春秋》，今展于枕边的只有药录；他再不能扯住君王的衣袖，贫弱让他能接待的只剩医僧；曾经的壮志销如雪、一身赤诚已成冰；在陋室中等一场风雨，哀容难展只得独对着青灯。

戎马倥偬的年岁，他说：“**到海只十里，过山应万重。**”于是，他便客死在了雷州东南门，那个至海岸只有十里的地方，隔着千万重山，远离家乡……

寇准去世后，夫人宋氏请求将其灵柩安葬于洛阳，在途经湖北一带时，当地百姓纷纷插竹路祭，所插断竹后来竟全部成活，并飞速生长成林，人称“相公竹”。虽如此，仍难尽表百姓哀思，于是人们又在竹林旁兴建了“寇公祠”，从古至今祠内鲜见飞虫，更从不结蛛网。

在寇准弃世的第十年，宋仁宗终于为他昭雪，恢复了寇准太子太傅、莱国公、增中书令的高位，可终究是有些迟了。人们参不破这人世奥妙，为何让最该诗意的他走进失意。

又是一年春朝雨霁，那是他最钟爱的踏青时分：波渺渺，柳依依，孤村芳草，斜日杏花横飞，可惜直到春色将阑，水陌轻寒，在那离别的绵雨江南，再没人盼得他冥思倚栏。

多少人学他戒去了凡尘的纷扰与惊奇，只为在一场白雪里等待一场惊喜：他的归期……

3 我未成名君未嫁

赠妓云英

罗隐

钟陵醉别十余春，重见云英掌上身。

我未成名君未嫁，可能俱是不如人。

逐物迷己，他苦苦追逐了十余载，却始终如初来乍到人间。纵是万般不宜傍身，仍是不染微尘的心和清清白白的身。

罗隐原名罗横，因屡举不第，索性更名罗隐。在名“横”之时他的确是不羁横行，锋芒毕露的。民间有渔樵闲话，说罗隐真身是龙，有朝一日是要做天子的，但玉皇大帝恐他称帝后昏聩无道、祸乱乾坤，便派天兵下凡先剔了罗隐的仙骨。

除去牙床骨没被剔换去，罗隐一身的帝王骨都被换成了凡胎。皇帝是做不成了，好在他还剩下一副金口玉牙，以致他稚齿便能著文，且经口便可灵验。民间关于罗隐的传说不胜枚举，如罗隐堵河、天降面粉、罗隐讨茶等，个个怪诞诡奇、神乎其神。

罗隐的文章极好，可骨子里却极其狂傲，这也是导致他“十上不第”的根本原因：在每次应试的考卷里，罗隐总是针砭时弊、讥刺朝臣的语句更是屡现卷端。那时官官相护的风气导致考官一见罗隐文章便生反感，纵是他笔下有铁、倒峡泻河，也为众考官所憎忌不容。

罗隐生在晚唐，那并非一个肯倾听诸子百家争鸣的时代，衰亡的宿命使它受不得一丝新鲜的刺激，更何况是罗隐这种见血封喉、直指心脉的文学。

不只得罪了朝臣，罗隐还开罪过皇帝。他第三次投考时正值大旱，昭宗皇帝下诏要作法求雨，考题便是让考生们为求雨抗旱献策。常规的答法应是一番歌功颂德，以吹捧吾皇垂爱百姓的“仁政”为主旨。

罗隐则不同，他在试卷上堂而皇之地同皇帝老儿唱起了反调，他直言与其作法求雨，不如勤政爱民以广布恩泽，更何况风雨由天，所谓的作法终是徒劳。罗隐本是一颗筹谋划策的拳拳之心，到了皇帝眼中则成了俨乎其然的讽刺。他九五之尊怎需怎能容一“贱民”褒贬予夺，尤其通篇都在暗示他最为讳听的“怠政”二字。于是，罗隐求仕的路便在那一刻彻底阻断无望。

那年科考结束后，满心期待的罗隐没能等来中举的佳音，反而看着大批僧人道士一夜间涌入皇城，他们设坛、设香案、摆祭品，众僧人跪香、讽经、行礼叩，“天圆地方”之下一派庄严隆重。罗隐看在眼里，他知道皇帝并未听进他的谏言，也得知这次科举自己又落第了。

接下来的十余年，罗隐依旧坚持着投考，从“罗横”考成了“罗隐”也不言弃。屡屡失意反而锻造了他的意志力，科举好似他的劫难，每历一劫都是一次大难不死。不消多时，他又能跌宕活泼起来。

罗隐是道家流派，提倡无所不容、道法自然，所以在十余举皆不第后，罗隐仍能嬉笑怒骂地作《自遣》以“自遣”：“得即高歌失即休，多愁多恨亦悠悠。今朝有酒今朝醉，明日愁来明日愁。”有人说罗隐在作此诗时已近癫狂，只能以焚歌纵酒的方式泄愤，他潦倒所以得过且过，他厌世所以放纵颓丧。

但或许彼时的罗隐并没有后世所拆析的那么悲观，亦可能是知性而后知命，他深谙了万事之旨。思省过后接纳了无力更改的现世，也劝后来者别步他后尘，过分执着于功名。

再读罗隐《黄河》中尾联，他的心迹可见一斑：“三千年后知谁在？何必劳君报太平！”黄河之水就如当下的科举之制：混沌污浊。纵是将阿胶倾尽也于事无补，哪怕它源头本是纯净，可它流经的都是黄沙。当下求取功名自是一样，若想中第不能靠才识更不是靠学问，而是看你有没有一个靠得住的显赫家世，和一副巴结权贵的谄媚嘴脸，世风如此，穷秀才们鹑衣鹄面，纨绔子弟腰缠万贯。

传说黄河之水三千年一清，水清则必有圣人出。罗隐自知等不到黄河返清，更等不到科举公平，所以拂袖，所以认命，只是他妥协的姿态并不和善。

罗隐喜谈政治，口诛笔伐、刻薄尖锐，向来不理圆滑二字，只要自己畅快了便好。他粗暴的文字是平地惊雷，对哪里不满他就抛掷到哪里，听一声巨响以回应他性情里的乖张。所以，惹火上身是常有的事，他不懊悔，谁教他生来便是要打翻一切的。

“谦和”“柔善”是千百年来为国人所推崇的美德，罗隐才不惧那诘屈聱牙的礼教之说。凡是为他所不齿的他便要竭力抨击，甚至不愿以委婉的言辞稍加粉饰他的攻瑕指失。在罗隐的字典里，禁忌便是用来打破的、习气便是用以挥散的，人世本该是无猜的，一切夹杂着私欲的冠冕都是可耻的。

后来他又作《西施》：“家国兴亡自有时，吴人何苦怨西施。西施若解倾吴国，越国亡来又是谁。”罗隐素来不满“红颜祸水”的陈腔，他认为将亡国之罪嫁祸在一个女子身上未免可笑。反观男人们，一边夸耀着顶天立地大丈夫，又一边推卸责任装着糊涂。罗隐可谓真正的“士”，他敢于为历史翻案、为冤者正名，也以己之力重启清明、复醒流于民族思想上的大糊涂。

罗隐也是可怜人，著《谗书》一心想为统治者提供一套“太平匡济术”，却反被统治阶级厌弃憎恨，白白误了一生。

都言他乡遇故知是人生至喜，但罗隐总怕遇上故交。最好谁都别来爱他、别来宽慰他、更别来同情他。天知道困兽犹斗是要耗尽多少血和泪的，他以满身的尖锐包裹着不敢言的伤心，狼戾的他都不怕，只怕一句关怀他便溃不成军。

认识云英是在十二年前的钟陵，云英绝色倾城，面似桃花，正是妙龄；罗隐也正年轻，书生意气、头角峥嵘。那天，罗隐应邀赴宴，云英是舞伎，负责起舞助兴。她翩若惊鸿的身段让罗隐未饮先醉，云英也在言谈间倾慕罗隐才学，而后红绡帐暖。未等缠绵几日，罗隐便要动身赴考，云英是识大体的，她相信罗隐必是京解之才，纵是再不舍也不能留他，更何况自己还是舞伎身份，二人本就是殊途。

于是，他们一别两宽，却不是各生欢喜。十二年后再遇上彼此，仍是在钟陵，云英竟还跳着那支舞，还同从前一样美妙轻盈。罗隐站在不远处，看着熟悉的身影跨越了十二年的光景在眼前飞舞重叠。

舞罢的云英一眼便认出了罗隐，虽然他已沧桑了许多，可眼神还是一成未变的坚定。想当年她最爱的便是他双眼，他的眼里装满了整个世界，和永远都是舍我其谁的锋芒。她羡慕罗隐可以掌控自己的命运，而非她这般一辈子的身不由己。

当注意到罗隐一身的素色布衣时，云英很是惊诧，连礼貌寒暄都忘记，径直发问：为何先生还是布衣！罗隐知道云英此言不是奚落，而是在为自己鸣不平。一声苦笑，看了看长衣，又看了看云英，他说：“我未成名君未嫁，可能俱是不如人？”

玩世不恭的语调里浓缩了无尽的悲愤与颓丧。多少年了，他本以为早就潇洒释怀的，竟始终都不曾忘。原来眼泪是可以攒到一夜流的，原来关怀的温暖是更能生出悲凉的。

罗隐自以为参悟一切、藐视一切，到头来却连自己的情绪都无力左右，任其排山倒海地肆虐，在歌舞声里失控倾泻。为何上苍还不还回他那一身仙骨，他真的不想只做一凡人在人间受苦。

后来，他们应该还是分散了，走着各自的轨迹，一个继续孤单着，一个继续放浪着。只作没再见过彼此，毕竟没人愿意永远苟活在被怜悯的伤心里。他们都代表着彼此最飞扬的岁月，只是曾经的愈繁盛今时才被凸显得更落魄。风又来了，云英的裙摆再度飘起，罗隐的眼泪又轻易流了下来。他离开了，再没有对白……

在封建朝堂之上，罗隐不拜天子，只对理性三跪九叩。他不会迎合你，你要迎合他更是休想。这样的他必定是扞格难入的，在意要愚国愚民的统治者眼中，他想启民众之智，比直接发兵来犯更为其心可诛，因他想要撼动的是统治集团的根。

传说罗隐死在了一个破瓦窑里，也是应了他自己那张“圣贤嘴”：那天，毫无预兆地天降大雨，雷声轰鸣，走在路上的罗隐想要寻地躲雨，正巧不远处有一瓦窑。罗隐一面狂喜地奔向瓦窑，一面随口叨念着：“这瓦窑是我藏身地呀！”只是他错口将“藏”字说成了“葬”。才刚躲到窑底，只听一声惊天霹雳轻易将瓦窑穿塌，而罗隐毫无防备地被乱石砸伤，最终葬身在了瓦窑底。

此一生他终未能得见黄河水清……

生之苦着实多了些，多到要以神迹的假说来平摊他生命不能承受之重。人世迢迢无尽矣，说是旷士，可哪一旷士不是受尽了人世的非难与诋毁才成了旷士，又哪一幕杀身成仁的背后会是真的哀而不伤？

后世也已为罗隐正名，他的文章也已然千古，只是不知他故事里的云英最终嫁与良人否……

4 明月前身是流水

绝命诗

金圣叹

天悲悼我地亦忧，万里河山带白头。

明日太阳来吊唁，家家户户泪长流。

素来愚钝，最怕看些明心见性的文字，怕反复拜读过后，仍旧是一知半解，白白暴殄了那妙语释典。但也正是这类文字才是最有生命力的，它们从生来便带着不容置喙的威严，冥冥中吸引着你去瞻仰甚至虔诚叩拜。

《西游记》中写唐玄奘到了雷音，在渡河时艄公故意将他一搡，玄奘险些入水。还未及问艄公何意，便见水上游漂下一具尸身来。玄奘惶恐道：为何佛地也有死人？对答：那是你的业身，恭喜解脱了。

只这一幕，我就看了好久，掩卷后除了自知“道行太浅”，也知道了仅以当下冥顽的逻辑尚不配得什么开雾睹天的通透。不由得想起杨绛先生的话：“你的问题主要在于读书不多而想得太多。”匆忙翻出几本压在箱底的书，盼着以此来弥补些精神上贫瘠的不足。

佛经中有言“度一切苦厄”，却并不否定“四苦四厄”，而是指驱除所谓苦的修行。所以，生命从初始起即被限定了各色的节奏与禁忌，也使得众生难有绝对的自由。于是，大多人开始选择认命，以为竭尽全力所能达成的逃遁或是周旋，无非是在早已命定的圈络里被怂恿着抉择。

但总有那么一小部分人，他们无视所有厄与苦，永远以洒落不羁的态度在人世里修行。所以，他们之中有的成了狂士、有的成了圣贤。正如天才与疯子间并非动如参商，于是，更有甚者能游刃有余地在狂士与圣贤间往复切换。

金圣叹，便是他自己笔下的“水归器内，各成方圆”。“水”是人间万事，“器”则是他举世无双的心。就连顺治皇帝都曾叹“莫以时文眼看他”。不仅是那个礼制高度严明的时代，纵是放到已然开化的今天，金圣叹的其言其行仍是带着莫测的难解，以致无人敢写他的判词，甚至再过上几百年，相信仍不能有人敢对他盖棺定论。

金圣叹的特别，便特别在明明是他与万事都格格不入，却能让你没由来地爱他，爱他在该庄严时的诙谐，爱他在该伤心时洒脱。全世界向东，他偏要向西，你却甘愿跟着他的步履同全世界为敌。你肝脑涂地地追随，不需要他的感激，他也不会给你感激，最多是个一笔带过的玩笑，已足够你这一生沉醉欢愉。

他应是人间药石，来医治一个时代故作庄重的虚伪病态。他才不理会是否对症，只要肆意挥洒，自己痛快了便是不枉此生。

金圣叹满腹诗书却不屑功名，科举场只是他的“炫技”场。某次科考的题目是“如此则动心否乎”，金圣叹向来对此类造作的题目嗤之以鼻，在试卷的最末他一连写下了三十九个“动”字，考官从未见过如此视科举如儿戏者，便追问他缘由，答道：孟子曰“四十不动心”，孔子曰“四十而不惑”，则前三十九必动心矣。考官因他的别出心裁而大笑，金圣叹也毫无悬念地落了榜。

又一年科举，考题是“王之将出”。这一场金圣叹连字都懒得写了，他只在试卷上画了五个圆，中间的最大，四个小的被整齐列放两旁。考官又传金圣叹来问话，答道：“大人不曾看戏否？每逢王之将出，必有四位宦官先行，站定迎王。”这次的考官连笑都未笑，当即将金圣叹赶出了考场，金也不怒，挺起胸膛边走边道：“今可还我自由身矣！”

金圣叹的离经叛道绝不止于此，他平生最爱读《水浒传》，废寝忘食、通宵达旦是常有的事，可他却又以批评《水浒传》

为人生另一乐事。金圣叹还按照自己的想法将《水浒传》“腰斩”，生生砍下了后五十回，并放言经他手的《水浒传》方是古今第一书。

在《西厢记》被划为“淫书”为万人指摘时，他则透过文字看到了封建礼教对人性的摧残。金圣叹说《西厢记》乃“天地妙文”，只有自己才是可以界定一切文学好与坏的权威，其他的所谓评判皆是有眼无珠者的大放厥词。金圣叹对自己的才学有着绝对的自信，这也不失为他的另一大魅力。

因自幼学佛，金圣叹喜读佛经、乐结僧人。某夜，他秉烛去到报国寺，想同方丈借些佛经以打发长夜。方丈知他是带着些躁气来的，若非心不静怎能长夜不寐。方丈也不睁眼，只说道：借经可以，但要对出我的联，否则不借。话音刚落，窗外几声梆子响，已是二更半的时辰。方丈说出上联：“半夜二更半。”谁知向来不可一世的金圣叹竟被这短短五个字难住了，他行思坐筹了良久，可还是对不出这下联，只得悻悻而归。

后来，发生了轰动一时的“哭庙”冤案，金圣叹也赫然在列，他与百余书生都被收关进了大牢，等待着按大清律“俱处斩”。他当然没怕，甚至在自知命不久矣时也无悔：他是为百姓登高一呼而死的，他是在守护他想守护的正义。

在参与“哭庙”前，金圣叹便知自己是以身殉道，所以他才骄傲。他终于知道了为何荆轲会被司马光写在《刺客列传》中的最后一个，并且着墨最多、最为推崇。哪怕荆轲因剑术并不高明以致刺秦失利，哪怕他是古今刺客中最不擅用剑的一个，如此种种却仍不妨碍他被太史公所推仰。

缘是因他气度，他是“风萧萧兮易水寒，壮士一去兮不复还”！他是“士为知己者死”，他是英勇地奔赴一场必败的战役，他是向死而生的壮烈。而金圣叹参与“哭庙”又何尝不是如此，当生死都被置于度外，那便是生命该得到另一种升华的时辰。

在将要诀别时，其子到牢狱中探他，看着号啕大哭的儿子，金圣叹才有片刻回归成一个有血有泪的凡人。不知该如何安慰幼子，只同他拉些家常：“今天是什么日子？”儿子抽泣着回应：“是中秋，八月十五。”随后又不可自控地大哭了起来。

金圣叹先是一怔，继而仰天大笑，抚摸着爱子的脸颊：快别哭，速速去报国寺告诉老方丈，就说金圣叹已有下联，“半夜二更半”正对“中秋八月中”呀。看着有些癫狂的父亲，其子哑然。天知道他已琢磨了三年，终于能在死前对出，也算是解了心结。于是那夜，金圣叹在监牢里睡了三年来最好的一觉。

行刑前夜，金圣叹找狱卒要来纸笔，作家信以寄妻儿。在执刑后，狱卒食言，恐信中有谤语，便先呈给上一级长官检查。只见书信上寥寥几字："字付大儿看，盐菜与黄豆同吃，大有胡桃滋味，此法一传，我无遗憾矣。"官视之大笑曰："金先生死且侮人。"

大师能为众人崇拜的高妙也在此，就连遗书他都能幽上一默。金圣叹早早料到家信定不会直接到妻儿手中，便将偷展他信者皆称为"大儿"，纵是死也要占上些"便宜"才作罢，他的妙语解颐将沉重都化为了风趣。

金圣叹早就习惯了以荒诞的面目来面对荒诞的现实，他不会逆来顺受，所以就张扬地唱着反调。也只有面对妻儿时，那颗长久跳脱的心才能难得地"正经"起来。

囚车上的金圣叹披枷带锁地被拉往行刑场，两个儿子一路追在囚车后，泪眼模糊地磕磕绊绊早不知跌了几个跟头。为了安抚泣不成声的幼子，金圣叹道：莫哭，莫哭，我出个对子你们对来听听，上联是"莲子心中苦"，该你们了。两个幼子早已痛切心骨，哪还有心作对。金圣叹旋即说道：下联可对"梨儿腹内酸"呀。两个幼子闻后再度哭声直上，因为"莲子""梨儿"正是父亲给他们取的乳名。

多少年不敢动真情，那一刻该是真的伤心了。行刑的那天竟下起了大雪，也是多年都未有的早雪，触景生情的金圣叹写下了《绝命诗》："天悲悼我地亦忧，万里河山带白头。"是啊，好好的萧瑟晚秋，怎么就落了雪。

在砍头之前，诙谐的那个金圣叹又回来了。不能以太苍凉的姿态告别，他怕寂寞。于是，他的死毫无仪式感，万事万物都可是任他仰取俯拾的玩笑，生死也一样。

金圣叹仍不忘“抖机灵”：那天，一道受刑的还有一百二十人，金圣叹心想着手起刀落不过一瞬，但要是等到最后一个被处斩，该承受多大的恐惧与煎熬。趁监斩官整顿秩序时，他偷偷地同刽子手说好，若是行刑时能第一个砍他的头，便将自己手中握着的一千个铜钱的字据都给他作报酬。

待到行刑时，刽子手果真第一个砍去了金圣叹的头，血流如注，法场上的嘶吼声直穿云霄，唯有金圣叹走得快且平静。当刽子手鬼祟地将金圣叹的手掰开后，滚出了两个纸团，他满心期待地打开来看，只见一个上写着“好”字，另一个上写着“疼”字，捏着“好疼”的纸片，刽子手大为光火却又无可奈何。他早该想到的，那人可是金圣叹呀，他又岂会按常理出牌！

金圣叹死了，留下许多故事，也留下了太多秘密，人们从最显易处着手：去尝尝他遗言中的盐菜与黄豆同食吃出的核桃之味，也试着剖析他的内里，推演他是同谁作着暗语，还是生来便没有什么痛哭流涕的神经。

如果连悲凉也是可以戏谑的，那么还会有什么法则能被他所遵从。我们崇拜他，究其缘由也往往是因为我们从心底想要打破些什么禁忌。他逆反、他张狂，他自成一派着，却也是真的风流。

有限的空间虽然隔断了他的肉身，但金圣叹留给后世的，除去唇齿间的耐人寻味，还有闲意妙义的禅思。若世人都学他的“我自倾杯君随意”，那世间该少了多少白发、多少烦忧。

“流水今日，明月前身”，他是释迦的子弟，也该是如来身。

5 三峡江声流笔底

望海楼

米芾

云间铁瓮近青天，缥缈飞楼百尺连。
三峡江声流笔底，六朝帆影落樽前。
几番画角催红日，无事沧州起白烟。
忽忆赏心何处是？春风秋月两茫然。

“字如其人”四字用在米芾身上再合适不过，蘸饱笔墨后便是停不下的酣畅。米芾的字很难临摹，笔笔都是锋芒，“形”可勉强习来一二，但若想学其“神”，总会画虎类犬，失了韵味。

米芾字集百家之长，也跳出了百家限制，他想要怎样挥洒便任性为之：险绝、利落、爽逸、奇特……他的字也是他的人。

作为宋朝以字闻名的“苏、黄、米、蔡”四大家之一，米芾还有另一个称号。因他的个性着实怪异，举止又极其癫狂，所以人们给他取了一个更为贴切的名字：米颠。

与米芾相比，魏晋风度似乎都变得不那么超脱了，纵是将风流、清峻志趣渲染得再过浓烈，也还是荡不散笼罩在魏晋天空之上“去日苦多”的浓愁，所谓风流自赏，所谓超脱物外，内里总还是有一种道不清的萧瑟与杀机。而米芾则大不相同，他散漫、乖张、有恃无恐、特立独行，却也是真的风度、真的洒脱。

彼时，人们都叫他“米颠”，叫着叫着竟连他真正的名字都忘了。“米颠”出门从不着宋朝的衣帽，而是穿一身不知从哪淘来的唐朝服装，大摇大摆地上街游晃，恨不能吸引所有人的目光，彰显着自己与世不同的魅力。

街头巷尾围观他的人叠了一层又一层，指指点点者更不在少数。愈到这时，米芾则玩性愈浓，他把头扬得高高的，神气十足，好像整条街上的人都在奇装异服，他才是真正穿对了衣服的那一个。

米芾从生来便有一套自己的价值体系：凡是他喜欢的便必须要得到，说他“不择手段”也好，说他“巧取豪夺”也罢，可就是别同他论什么“君子之道”，他可不理会那一套。在米芾的认知里，但凡是他爱不释手的东西就该是属于他的，能入他的眼则说明是缘分使然，既然相遇了便该与之相亲，再不能割裂，这也便是米芾自创的“道义”。

除了身为书法家、画家、词人，米芾还是鉴定家、收藏家。

他的眼光尤其犀利精准，只是若要托米芾帮忙分辨真品还是赝品，就要早早做好有可能会被他“据为己有”的准备。

米芾曾受一朋友之邀到画船上鉴定一幅王羲之的帖，在确定其为真迹后，米芾立刻请求朋友将其赠予，朋友当然不肯，于是米芾便要将自己收藏的所有古迹同朋友交换。无奈对方也是王羲之的忠实拥趸，任米芾用尽浑身解数，就是坚决地不赠也不换。

米芾可不会善罢甘休，趁其不备，他一把抢过了朋友捧在手心的真迹，一面号啕大哭一面跑向船舷。眼看就要掉入水中，米芾朝朋友大喊，你若是不给我，我便跟你这宝贝同归于尽，说着作势就要扎入水里。朋友被米芾之举惊了一身冷汗，连连点头承诺无论他要什么自己都愿意给。上一秒还涕泗横流的米芾转瞬就破涕为笑，他将“巧取”而来的真迹端详又端详、爱不释手。一旁的朋友见状哭笑不得却也无可奈何，只能作是吃一堑长一智了。自那之后，这位“损失惨重”的朋友再未托米芾帮忙鉴定过什么宝贝。

同为书法大家的宋徽宗对米芾总有惺惺相惜之情，一来了兴致，他便宣米芾进宫同他切磋笔力。某次，宋徽宗又宣米芾进殿写字，还让米芾使用自己的纸砚。

在一番鸾翔凤翥后，米芾搁笔，狡黠一笑。他说已被自己用过的砚台再配不上天子，莫不如赏赐给他，皇上再换一台更佳的砚。

宋徽宗知道，这“米颠”定是看上了自己这台端砚，不揭穿他也不同他计较，宋徽宗只是笑着点头应允。米芾则瞬间乐开了花，嘴角咧到了耳根，他抱起端砚便飞快地往殿外跑，砚台里还未用尽的墨汁洒了满身米芾也毫不在意。那奔跑的速度像是生怕皇上反悔，连叩首谢恩他都忘在了脑后。

相传曾有位商人拿着一幅前朝名迹，有意高价卖给嗜画如命的米芾。米芾负担不起又着实想要，便同那商人商量暂且在他处寄放几日，若是他确定买下，便用这几日筹钱，若是仍旧支付不起，那就在七日内还回。商人应下便留画而去，待到七日后，却还未有米芾消息，于是他再度找上门去。

米芾将那画作双手奉还，连连叹息着遗憾，还不忘抓住最后一丝机会同那商人讨价还价，最终还是没能成交。又过了数日，商人再一次登门，米芾则一副恭候多时的面目，他大笑着揶揄那商人糊涂，对方也得知自己是被米芾耍戏了，不发作只说是自己老眼昏花。

原来，米芾在留下画作当日便临摹了一幅足可以假乱真的赝品，看着商人收下了自己的作品，还丝毫没发现破绽，米芾尤其兴奋，想着他米芾的手艺真可谓是登峰造极。后来米芾还是将真品还给了商人，二人也因此一事结为了挚友。

米芾的多半朋友几乎都受过他的“耍戏”：当有朋友带着藏品登门请教时，米芾则会将自己的临摹本同真迹混在一起让朋友去选，选对了则面露憾色地还给人家，选错了他则不动声色。由于米芾的临摹极为逼真，常常使得朋友们分辨不出真假，只能凭着直觉去挑，就这样，米芾“拐”到了不少珍品，朋友都知道内情，却也都拿他没办法。

作为一位全才，骄傲自是少不了的，宋徽宗曾让米芾评价同时期几位名仕的书法，他直言：蔡京笔法全无，黄庭坚缺了风骨，苏轼毫无法度……宋徽宗又让他自我评价，米芾志得意满地说唯有他的书法才是真的体势骏迈、挥洒自如。

同一座砚山抱眠三日；将一块怪石搬入寓所并连连叩拜；因自己有洁癖，便对一名为“段拂”、字“去尘”的人尤其欣赏，甚至让他做了自己的女婿……米芾“异端”的行为总是言不尽的，天性解放的他将整个人生活成了大多人眼中的闹剧，世人笑他太疯癫，他也笑世人看不穿。

古时少有人能过活得如米芾那般随性，都是流离的流离、流放的流放，使得古代文学史看起来更像是一部志士仁人的贬谪史。身不由己太多、艰难苦恨也太多，以致米芾的出现便显得尤为难得，是伤感基调里突然闯入的不和谐音符，却也将整篇乐章点缀得不那么悲凉。

米芾能尽情放浪是得益于太多人的包容，他的恣意也显得万事不那么悭吝。钩心斗角的故事太多，而他则是单纯地唯“以物喜”，原本复杂的人世在他那里都是极致简洁。

米芾晚年参禅，在死的前一个月里，他写好了书信寄送给亲友，还焚烧了平生最爱的书画，又买回了一口棺材，坐卧起居都在棺中进行。在死前七日，他没再沾一丝荤腥，日日更衣沐浴、焚香静思。到了离世那天，米芾将众多好友请至家中，手扬起拂尘道：“众香国里来，众香国里去。”而后弃掉拂尘，合掌而逝，从容得像是将生死命数都全然掌控。

好似不是人间人，却又最解人间事。米芾笃爱山川河流，晚年他在路过镇江时为那里的山水之胜所迷醉，于是决定不再赶路，就在镇江的望海楼附近定居了下来。

山巅的铁瓮城仿若直指青天，凌云的高楼连接着天上与人间。三峡的江声流入他的笔底，六朝的帆影映在他的杯前。愤怒的波涛翻涌着，吞噬了古今多少兴废事；倾颓与盛世都不过一瞬，唯有这不废江河滚滚奔流。画角声起，红日落；惹了满城的白烟，沧州又沉默。

天与地的豪迈都在他眼下，夕阳沉落，闪耀着的，飞舞着的，这世界一切的荣光都在渐渐隐去。可有些东西也在那沉默中再度酝酿着升起，可畏与谦逊在不经意间贴近……

6　飞光薄情煎人寿

苦昼短

李贺

飞光飞光，劝尔一杯酒。吾不识青天高，黄地厚，
唯见月寒日暖，来煎人寿。食熊则肥，食蛙则瘦。
神君何在，太一安有。天东有若木，下置衔烛龙。
吾将斩龙足，嚼龙肉。使之朝不得回，夜不得伏。
自然老者不死，少者不哭。何为服黄金，吞白玉。谁似任公子，云中骑碧驴。刘彻茂陵多滞骨，嬴政梓棺费鲍鱼。

可至刚也可至柔，可平顺也可尖刻，可知性地亲和也可批判地毁辱，只要一支笔入了手，他便可以倚马千言、汪洋闭阖。

我们的文明里总是有一种谦逊的性情，大多人讲究和善、讲究修行，用一种近乎隐忍的包容来春风化雨，谦卑地遵守着内圣的法则。

过去，夫与妻间是恩情，父与子间是恩情，天子与臣民间也

是恩情，人们被这种礼教所束缚洗脑，以致毕生都须在卑微的感激知恩里过活，纵是满心的怨也敢怒不敢言。

可李贺不同，他敢于一针见血地批判，他对自己所问心无愧的东西向来无有犹疑。若他是对，便无人可相欺哄；若对人世生怨，便直白地写入文章，任后生传诵或是批驳。

李贺，字长吉，想来亲人为他取名字的时候，定是少不了一番卜卦问爻，而后择了这一充满平安、吉祥寓意的名字。东坡先生曾为小儿取名苏遁，并在《洗儿》中作："惟愿孩儿愚且鲁，无灾无难到公卿。"可怜他捧在手心的幼子，在还未满周岁时便意外夭折。李贺所历，也与此事极类，他二十七岁便英年早逝，终生未得平安喜乐，更从未拥有过什么八方来贺。

一切还要从欲加之罪与无妄之灾说起，李贺的父亲名叫李晋肃，因"晋"与"进"字同音，在进士考试中，与李贺的同期竞争者便横生指责，说他应避父名讳，不可中举进士。就是这样一个荒唐的理由，让本已入京备考的李贺再无缘应试。

他本一身才学，作《雁门太守行》，一句"提携玉龙为君死"，催下了多少士大夫的眼泪。可只因所谓避讳的荒谬法理，便将他毕生的仕途都压在了黑云之下。同时代的韩愈在听闻此事后尤为愤慨，特作《讳辩》一文以为李贺鸣不平："父名晋肃，子不得举进士，若父名仁，子不得为人乎？"然那时的所谓正统是不可挑战的绝对权威，纵是韩愈所言再鞭辟入里也终究于事无补。

祸不单行，李贺不仅无缘进士，还被疾病找上门来。在遭谗落第后，他被安排了一下僚小官，任奉礼郎一职。只做了三年，李贺便因病重而不得不辞官返乡。却也正是其间种种抱负难展的不得志，让李贺的诗句逐渐生成了独树一帜的“另类”风格。

“太白仙才，长吉鬼才”，李贺开始以诡谲的行文席卷诗坛，并彻底唤出了人们关于诡异与哀丽文风的审美，自此他又有了新的名字——诗鬼。

“秋坟鬼唱鲍家诗，恨血千年土中碧！”李贺极爱用“鬼”字，此字经他手一出，阴鸷、荒凉境尽现。仿佛让人亲耳听着秋坟里的鬼魂唱着鲍照的诗，感受那千年的遗恨如长殷的赤血永不消逝。

“石脉水流泉滴沙，鬼灯如漆点松花。”他本勾勒了一派幽冥阴森，可真正读来，却又有了一种无以言明的美感。李贺把众人所避之不及的可怖仔细铺陈组合，又站在上帝的视角，将鬼魅视为另一种瑰丽。

李贺的诗多是在出游时写就的，他骑上一头毛驴，背上一个锦囊，若是被哪处的风景唤起了诗意，便将当下所感记下投入锦囊。待到傍晚回家后将囊中的收获悉心整理、补全成篇。李贺嗜诗到茶饭不思，常为完成一首满意的诗而通宵达旦。

有人曾在拜谒李贺时亲见他伏在桌前，目光空洞，良久都不着一言。其间三次从口中吐出东西在地，而后便写成了三首诗。他的老母虽见之不忍，却也只能在旁摇头道：吾儿是要将心血呕出才肯罢休。

后来，李贺的身体每况愈下，在某个傍晚写诗时，一根白发径直落在了他眼下。那是二十几岁的年纪，他已是蒲柳之质又添了霜雪两鬓。他知道天若有情天亦老，或许是自己用情太过铺张，以致早早地衰老。

可他还不想衰老，他有太多的未竟志愿。于是就像敢同黄土白骨对话一样，他要劝流光一杯酒。别同他说什么天高地厚，他只知光阴无情，消磨着人寿。大道至简，食熊肥、食蛙瘦，若真有神君太一，为何悭吝于河清人寿。

再言烛龙神树，他要去斩龙足、食龙肉，让它无法左右日夜，让时间永远停驻，让世人不老不死，让世间再无哀哭。可偏偏他连黑发的渐白都无从逆转，再过激烈的言语道尽，不过是一场虚妄。

李贺感叹着苦昼短，除了悲天悯人，他再无力更改些什么。一身病骨就那么拖累着，再也跟不上他千回百转的思绪和九曲的柔肠。

李贺的死有些突然，他本可再撑上些时日的。在《李贺小传》中有这样一段玄幻满纸的记录，说是在李贺将死那日，有一身驾赤虬、着红衣、手持上古篆文者从天而降。他对病榻上的李贺说，天帝要建白玉楼，召你前去为此记文述录。你且放心，天上不似人间，没有苦难，也没有疾病。本已气若游丝的李贺闻言号啕痛哭，须臾便大去。他居所的屋顶升起了一缕青烟，行车声与乐音并起，而后渐远殆尽。

千年前的逸事早已无从考证，纠结其真假则反显冥顽。倒不如看作世人对李贺的一份祝福，零敲碎受了一辈子的悲苦，他该有一个羽化而登仙的结果。

在李贺死后第十五年，其友沈子明为李贺整理了书稿，并请杜牧为之作序。昭宗时期，韦庄也曾几度奏请皇上为李贺追赐进士，但因彼时朝廷发生了重大事件，致使追赐一事还是不了了之。

多年后，有位李藩侍郎很喜欢李贺的诗，便遣人四处收集，欲整理成册，在寻诗的过程中他得知李贺还有位在世的表兄，便满心欢喜地把他找来。这位表兄表现得尤为热情，不但向李藩侍郎承诺定会努力收集李贺遗作，还以帮助校正为名拿走了侍郎已收集到的所有作品。

转眼一年已过，悬悬而望的李侍郎却一直没能等到回复。隐隐感到所托非人，他便亲自找到那位表兄对质。此时的那位表兄早已换了一副嘴脸，得意扬扬的面色上还挂了几丝能奈我何的跋扈，他慢悠悠地给出解释：原来他与李贺的关系向来不好，李贺恃才傲物，对他总是不屑一顾，他早想着要寻机报复，正巧天赐良机，他在拿到李贺诗作的当天便尽数扔到了厕屋里。李侍郎被他气得七窍生烟，盛怒之下驱走了那位表兄。至今我们能看到的李贺诗作少之又少，便与此事有关。

诗人的诗风多半是他人生的写照，李贺也非生来便是诗鬼，他也曾写下“我有迷魂招不得，雄鸡一声天下白”，豪情壮志可比天，他曾胸次无尘，少年的心事里装的都是天下家国；也曾写“男儿何不带吴钩，收取关山五十州”，他也想被画入凌烟阁，去做那龙行虎步万户侯。

病后的他则生了“鬼眼”，可见得“鬼光”“鬼火”。原本继屈原的《九歌·山鬼》后，这种亦真亦幻的魔幻诗境成了一种只可瞻仰、凭吊的手法，因鲜有人可轻易驾驭而变得青黄不接。

但李贺的出现则再度唤起了人们关于吊诡索寞之境的审美，世人跟随他的幻想飞升仙境或是堕入尘寰。看他将东海之水倒入杯中打翻；看他将九州浩瀚浓缩成一粒烟尘；看他掐指便将沧海幻化成桑田；看他足踏瀛洲转身蓬莱。

千年如走马，跟着他返虚入浑后，你才发现多年来所自以为的博古通今无非是夜郎自大。他只带你领略了太仓一粟，却是足以使你这“窥牖小儿”振聋发聩。

李贺只活了短短二十七年，却让人们为他莫衷一是了千年。杜牧说李贺的诗因不成熟而少了理性，潘德舆说正因李贺好作“鬼语”才未得长命，李商隐也对流传的李贺之事不敢尽信。但感性本就是长吉诗的特色，他的诗魂也正是他用灵魂喂养的，你只可说不解却不该说不好。

李绅曾在《真娘墓》中说：苏小小之墓，每到风雨夜，都会有歌吹之音，久久不散，她的亡魂因无物结同心而哀叹，在冥路上游荡不甘离去。李贺闻此作了《苏小小墓》一诗，他为她吊唁、为她流泪，他太懂她的遗恨，他愿在松如盖的坟前与她隔着黄土相互取暖。从不畏惧什么魑魅魍魉的他，在那时怕极寂寞，想那苏小小还有他来吊，而他死后，怕是只有青蝇来吊。

“劝君终日酩酊醉，酒不到刘伶坟上土。”人言壶中日月、梦里乾坤，他呕出心肺化成了诗，却只被作了佐餐下了酒，李贺的诗又几人有幸能懂？

7 双泪一声何满子

宫词

张祜

故国三千里，深宫二十年。

一声何满子，双泪落君前。

谁曾抚瑶琴低吟凤求凰，谁曾写诗笺牵动人心肠，谁将日日夜夜袖里藏，谁看秦水悠悠看得泪两行。

谁人解裙衫、卸红妆，怕忘却那天然模样；谁人倚栏杆、登高楼，只为一探梦里温香。爱就爱上了，哪怕他落魄书生；爱就爱上了 ，哪怕她花月之身。所以，白扇定情，红豆连心，说罢了誓言他才敢转身。可万事凭谁料，匆匆天涯一别后，是经年的青灯盼人归。

等了许久许久，终于听得他一信退得百万兵，听得他万里鹏程担重任。眉头上的欣喜还未浓转淡，纤长玉指还未数罢他的归期，竟又听得他狼吞虎噬害万民，听得他负心薄情不忠贞。那些说好的情谊不变竟通通地覆天翻。那一方是他不可一世，这一方是她泪透罗衣。

想来，他定是忘了那秦淮河畔的昔日佳人，忘了那满楼霜月夜迢迢的缱绻情深，可怜她二十载的眺望却等不来一人。年月揉碎了如花貌，血痕一缕在眉梢，白扇无人携手描，红豆无心将情抛。本就不该信了他坚贞不渝、信了他人间白头。如今，这不可计数的儿女浓情该教何处销……

听得了太多怨愤的唱词，有痴男怨女的地方便有难还的风情月债。之死靡它者鲜见，恋新忘旧者却是比比，所以碧海青天的背后往往多的只是辜负。多想分她一支珊瑚宝，多想安她半世凤凰巢，为何受伤的总是女子。

何满子，本是唐玄宗时期的著名伶人，因在某次宴饮上误唱了禁曲，触怒了皇帝，当场被判以极刑。

在行刑日那天，法场下人多语乱、观者麇集，人们多是不解，在这伶人皆能受极尊宠的时代，那女子该是怎样的罪大恶极。监斩官满面肃杀，问刑场上的将死之人还有何求，何满子了无遽容，只道“但和一歌，别无他求”，监斩官默许。

就这样，一介弱女，在斩刀之下，毫无惧色，她的声音起初平波缓进，而后炽烈得如泣如诉，像是要竭尽全力在生命的最末倒出这一生的哀怨与委屈。她用哀痛的悲哽将喧嚷的闹市平定成宁静，千里万里都只能听见她的声音，悲歌可以当泣，却不会让她力不从心。

刽子手原本目不旁视的双眼看向了那女子，监斩官的手竟也丢不下“斩”的令牌，围观者本是为冷眼旁观而来，可他们却通通被那女子的歌喉震了心魄，原来人性里许多潜藏的情愫都是相通的，这样的女子谁人会不心疼。

何满子歌罢，长空一碧如洗，监斩官回神发令，只有抽搐的嘴角暴露了他曾动情；刽子手的屠刀高举，眼底氤氲着多年不曾见的仁慈。面对命运最后的判决她面容决绝，等那一瞬的手起刀落，等到再与人间秋毫不犯。

她万没有预料，她等来的竟是一声“刀下留人”。原来在法场的围观者内有一宫中人，那人被何满子的歌声深深震撼，并在她的歌声里扬鞭飞马求得了玄宗降旨。

后来，有人将何满子在刑场所唱之曲命名为《何满子》，这一赎死之曲也便成了悲歌的代名。而真正让《何满子》广为世人所知的，还是张祜的诗作。

张祜为人狷介、潇洒，爱以文会友，尤其与杜牧交好，二人以知己相称。他们常常同游名岳古刹，在竹林里班荆道故，在绿水间吟诗斗酒，十里扬州、软语苏杭，都是他们几度题壁歌咏的地方。

历经了多年的停停走走，行踪不定的张祜，也不知是在哪一方土地吹着了哪一阵奇异的风，或是在哪个檐边照着了哪一阵奇异的月色，又或许是在某个不经意的瞬间有了那么一场听说，以致他原本洒落的胸襟再也盛装不下满溢的哀思，以致他原本豁达的文字被彻底地颠覆，以致他所有的张狂性情通通被置换为了忧郁，以致他终于说出了：“故国三千里，深宫二十年。一声何满子，双泪落君前。”成诗的一瞬便知音见采、不胫而走。

张祜的这首《宫词》因切及肺腑的悲怨而流传甚广：深宫之人闻后无不垂泪，凡艺伶人无不能和曲而唱。毕竟有多少人一生都在为取悦别人而活，在别人的眼色里寄放自己的命运，她们笑语逢迎，她们阿世取荣。

殊不知只有在那星辉闪烁不定的夜里，在旁无一人的罗帐里，她们才敢哼起乡音、卸下虚伪，直面那个有血有泪的自己。这宫闱里的千红万艳，谁人不是去家千万里，谁人不是终夜长开眼。多少年，将伪装变成了习惯，再不敢透出一毫哀怨。

偏偏这张祜多事，非要摇乾荡坤搅那一池春水，让那本想永世装聋作哑的人们也再不得安睡。一首《宫词》传唱了千万里，也伤碎了千万颗心。星有好风，星有好雨，那一刻的长安城，无人不好张祜。

会昌六年（846年），行将就木的唐武宗卧病于含风殿，身边只留一孟才人陪侍，因孟才人擅长笙歌，唐武宗尤为宠她。自知将不久人世，武宗皇帝的眼中尽是不舍，他说："我怕是已油尽灯枯，你将何如？"孟才女冰雪聪明，她知道武宗的言下之意是想让她陪葬殉情，她这一生从踏入长安的那一刻起便不再是她自己的，君命难违，且随他予取予求吧。

孟才人理了理垂下的发丝，抹去了眼睑的泪痕，如画的眉目同初初入宫那年一样清丽可人。秀口一吐，便唱出了那首张祜的《宫词》，"一声何满子，双泪落君前"，歌罢，气绝命殒。看着倒地的孟才人，武宗连忙宣来太医，诊脉后闻言："脉尚温而肠已绝。"原来这世间果真有断肠之歌。

史书上并未给张祜腾出多大的篇幅，但在《全唐诗》中却收录了他的诗作三百余首。张祜不肯趋炎附势的清高，加之孤芳自赏的狂傲始终是他为官生涯的绊脚石，以致被人排挤，沦为下僚更是常有之事。再到后来，看透了官情纸薄的张祜也便不再执着于名利之境。

"千年狂走酒，一生癖缘诗"，晚年的张祜，择了一凄凉地隐居，草草修一茅舍，饮着陈年的酒，读着旧岁的诗，还会因《离骚》而泪流满面，还会因填首新词而跌宕自喜，还是戒不掉那一壶老酒，还是改不了狂放本性。唯一不同的是，他再也写不出那卿应怜我我怜卿的情谊，再也不敢回首自己的《宫词》，因为他知道自己写的不仅仅是那一番宫怨。

多少如花美眷，只得在幽闺自怜；多少盛气峻拔，空空托给了断壁颓垣。多恨天不遂人愿，多恨韶光轻贱，恨忧思难遣，恨月夜无眠。谁把愁苦人世谱了曲，让它永生永世地幽怨连绵；谁把相思成灾写进了诗，一行行一遍遍诵满了今生今世；谁隔了三千里，去乡二十年，却依然安土重迁，凭吊流连。

本是狂士，却被旁人的大雨打了满身诗意；本是游客，却被离人的哭诉招魂陷落；本是荡子，却被长安的高墙圈禁围困；本是隐者，却高张了一帜千古诗风。

人世就是这样，你不甘媚俗，便也休得寻常的平顺。

《心经》有言，“度一切苦厄”，张祜的诗又何尝不是另一种“度己”，另一种“度人”。

第四章

绮梦难成瘦东风：那些擦肩的错落美丽

1　落花时节又逢君

江南逢李龟年

杜甫

岐王宅里寻常见，崔九堂前几度闻。
正是江南好风景，落花时节又逢君。

提及杜甫，无论是他的诗词造诣、家国情怀，抑或是历史地位、死因之谜……本有太多值得一叙。但就是在这千头万绪并下之时，我反而没了头绪，实不知该从何落笔，索性散乱写之。

老杜的诗句着实脍炙人口，从“会当凌绝顶”的豪迈，到“路有冻死骨”的无奈；从“无边落木萧萧下”的凄怆到“万里悲秋常作客”的萧索；他的《三吏》《三别》，他的《北征》《春望》；他已“天愁地惨”却仍旧挂念苍生……所以，世人开始称他为“老杜”，因为杜甫所背负的道义，似乎沉重得让他从不曾年轻。

不得不承认有太多朗朗上口的诗句，在熟稔过后便也永久地被我们搁置在了记忆的一隅：没什么时机适宜将它们唤起，又还想将更多的注意交付给渔樵闲话或是逸文野史，以致不够感同身受的那些便只能落个渐渐湮没的下场。

但杜甫的这首《江南逢李龟年》却任谁人也不忍放它在记忆中蒙尘：在小学课本上的初初一面便是惊艳，像是被千百年前的画面转瞬占去视线，哪怕本读不懂个中的况味，你却能被它催发起最原始的审美。你开始明了读诗的意义，所谓俾得大眼光就该是如此。

成长几岁后你再去读它，看见的便是那个风霜满面的老杜，你隐约感知他描写的该是一场怎样的相逢，却着实难解他想抒怀的究竟是喜悦还是悲情。你开始感叹文字的力量，原来还可如此不着痕迹地抒情。

成熟后你便爱它不可自持，它行间字里不染一丝哀怨，却浑然无际地道尽了四十年的沧桑巨变。原本各人与各人的感知不可旁通，但偏偏有人大匠运斤，一支素笔便能带你看尽所有的兴衰颓唐，于是满眼热泪的你再不敢轻易读老杜。

他让你看山是山，看水是水，也能让你看山非山，看水非水。他的三十余字，你从少岁看到壮年，读了一生，却也不敢说懂。

在唐玄宗时代，杜甫诗中所逢的李龟年是个鼎鼎大名的伶工，楚管蛮弦、鼓瑟琵琶他样样精通。那时的岐王李范也是弹丝品竹、谙晓音乐之人，名声在外的李龟年自然成了他的座上宾。每每王府的乐音乍起，李龟年便可瞬间分辨出所奏是“秦音”还是“楚音”“慢板”或是“流水板”，岐王听闻他言则在旁佩服得连连击节称叹。

待到曲乐作罢，兴会淋漓的岐王便会赏些贵重织物或是金银予李龟年，李龟年虽接下却是无心道谢，而是“大不敬”地起身掀开宾客与伶人间的帷幕，从那唯唯诺诺的乐人手中接过乐器，忘情地拨弄。岐王好乐，也便能理解他种种唐突举动，所以他对李龟年的越矩向来大度兼容。

除了岐王宅邸，李龟年的乐才在许多轩裳华胄间都备受推崇，唐朝的秘书监崔涤也经常邀李龟年到自己的门庭唱演。而彼时头角峥嵘的杜甫便也在岐王与崔九邀请的名流之列，就这样，李龟年与杜甫二人早已数不清究竟有过几面之缘。

他们只清楚所有关乎彼此的记忆都始于一场场盛大的筵席，

背景是鼎盛的开元初年，一派河清海晏，他们在昌盛的最顶峰，爱极了眼中的盛唐，爱它梨园曲艺，爱它华彩俊章……

可再来，竟是安史之乱，换了人间。安禄山起兵，以迅雷之势席卷了大唐的半壁江山，这场持续了七年之久的兵连祸结，打得无辜百姓流离失所、打得苍生涂炭、饿殍遍野。杜甫也未能幸免，他被战火催逼得一路南下，直到湖南潭洲。这一场亡命之旅，他已不知究竟走了多少里、又多少年。

在兵荒马乱的年岁，杜甫简居江南，这里的景致美得让人心寒，江畔还是那样的江畔，碧草仍是生长得端然，它们如何能做到这般冷漠，冷漠得与人间两不相犯。为何同样是鲜活的生命，有的成了河边骨，而有的却美成了一幅画，苍生百姓何其无辜。

走在小径的杜甫不忍再看向风景，他一个转身，还未站定竟难以自控地流下两行清泪，那原本归家的步伐再行不出一寸。此刻，眼前所站的那人有张他熟悉的面孔，熟悉到在过去所有杯盏混着乐音的日子里他们都曾有过眼神的交互。与他相向那人正是李龟年，是杜甫关乎盛世里全部记忆的承载。

再看李龟年，他的着装已是称不上得体，破衣烂衫神采全无。杜甫想着：他真真是一个时代的代言，如今的山河便应是这样的破落。而那李龟年眼中的杜甫又何尝不是如此，他们二人本都是时代的弃子。

这一季，江南的秋来得很早很应景，花也凋落，人也沦落。落花下的他们深谙彼此的眼色。各自认领着各自的遗恨，谁教往事不可追，老友啊，索性分道扬镳……

再到后来，每逢节庆，游走在街头巷尾，杜甫总能听到关于李龟年的消息：原来他依旧坚守着那么一丝情怀，千万里奔徙，仍抛不去对乐音的痴迷，割不掉那已然颓靡的曲调。在每一个良辰美景天，李龟年都会为众人歌上数曲，歌唱他记忆中的盛唐，唱到气若游丝才肯悻悻终止，而那座中听者则无人不闻之掩泣。至于杜甫，他则从不敢去听上一听。

后来，李龟年又流落湘潭，王维写与他《江上赠李龟年》一诗：“**红豆生南国，春来发几枝？愿君多采撷，此物最相思。**”人最怕的便是害了相思，王维本想嘱他珍重，而李龟年却在将此诗唱罢后昏厥了足足四天，最终目断魂销、郁郁而终。他本不该再唱的……

我以为像“**落花时节又逢君**”这样的句子便该用“触目惊心”四字来形容：目见之再不能忘，品读之心灰意败。仿佛看着一人拣尽了满城的寒枝，又一人在逆流里颠沛流离，这两个满身风雨的人悄然相逢，一个眼神便看懂了彼此的荒芜与荆棒。

所有关乎开解的劝慰都变得乏力。历经磨砺后的默契让他们的再遇成为彻底的诀别。他们爱透也恨透这种分别前的仪式，于是一人慌不择路地逃离，于是另一人的诗句里再不敢道出悲喜。

岐王宅里没了岐王，崔九堂前没了崔九，李龟年拥着乐章入土，世人仍旧津津乐道着老杜。这也许便是杜甫的魅力使然，除了家国情怀的基调，他仍给诗句留白，任人解读想象。你可以穿插进你的理解，而他却永远是那个自担千钧重负的他。

“正是江南好风景，落花时节又逢君”，只听这一句，便可爱他千万年。

2 醉时冉冉醒时愁

木兰花慢

张孝祥

紫箫吹散后，恨燕子、只空楼。念壁月长亏，玉簪中断，覆水难收。青鸾送碧云句，道霞扃雾锁不堪忧。情与文梭共织，怨随宫叶同流。

人间天上两悠悠。暗泪洒灯篝。记谷口园林，当时驿舍，梦里曾游。银屏低闻笑语，但醉时冉冉醒时愁。拟把菱花一半，试寻高价皇州。

人说“多情自古伤离别”，又说“多情自古空余恨”，一个“情”字便能延展出万千个故事、万千种悲喜。善始善终是最好，只是有太多的情缘都不那么尽如人意。

世人都知张孝祥是个有义之人，但是否足够重“情”便莫衷一是了。在为官期间，他赤胆忠心，曾猛催战马镇守一方太平；也爱民恤物，开仓放粮接济万千灾民；他除暴安良，铁腕惩治商罪贯盈；为治理水患，他捐出了自己的三百亩良田为湖……

抚州、荆南、芜湖……凡是张孝祥任职之地，皆是百姓安乐、政治清明，甚至牢狱之中都鲜有人迹。于国，他是楚囊之情，毕生只有一个理想，便是光复旧物、收拾山河。他还坚决地加入了朝廷上已然失势的主战派，在与敌党的政治斗争中屡遭打击暗陷，却仍一心主张抗金、收复中原。在初初为官之时，自己尚且“根基不稳”，他却仍不惜得罪秦桧一党，为岳飞鸣冤，最终致使亲眷被牵连罹难，自己的仕途也变得举步维艰。

“为天地立心，为生民立命，为往圣继绝学，为万世开太平”，对那个风雨飘摇的南宋而言，张孝祥应算是毁家纾难、赤心拳拳了。可哪怕如他这般顶天立地的七尺男儿也不敢言事事都问心无愧。

“平生无憾事，唯负心上人”，有一个名字他从不同谁提起，有一段时光曾是他此生最美，也是他今世最痛。

如同著名的隐逸诗人林逋，世人都知他梅妻鹤子与世无争，仿若一生都未爱过谁。但当他的墓穴被挖开，出土的一台端砚还有一支玉簪，却在沉默中自顾自地讲述了一个缠绵悱恻的故事。那支玉簪将林逋生前所写一切与情爱有染的诗句都串联了起来，也将一个原本无关风月的诗人拉近人间，变得有血有肉更有了泪。

关于张孝祥与李氏的故事也大抵如此，他始终藏在内心最深处的秘密，终究还是被挖掘了出来。

绍兴二十四年（1154年），张孝祥在廷试之上力压秦桧之孙秦埙，被高宗赵构亲自擢为进士第一名。新科状元登第之时，秦桧一党的曹勇有意拉拢，在得知张孝祥未婚后，便在廷试当场请婚，欲将女儿嫁与张孝祥。而张孝祥只是闭口不答，以沉默的方式婉拒。

此时的张孝祥一方面是不屑与秦桧一党同流，另一方面是早已有爱人李氏为伴，只是未行婚嫁之典，所以他才在上报给朝廷的推书中写下“未婚”二字。

张孝祥与李氏相爱那年，两个人都才十五六岁的年纪，是情窦初开，却也情真意切。他们在一起生活了近十年时光，并共同育有一子，名为张同之。李氏温婉贤良，他们郎才女貌、并蒂芙蓉，二人相处多年连口角都不曾生过一次。虽然张家并不认同李氏这个儿媳，以致无名无分的她因未婚生子被邻里诟病。但李氏从未后悔过跟着张孝祥，只要能同他在一起，哪怕饮冰茹檗她亦是甘之如饴的。

若偏要追问她可曾有什么后悔，便是“悔教夫婿觅封侯”了吧。李氏应该从未想过，当张孝祥金榜题名的一刻，竟也将是他们分钗劈凤的时分。

那天，张孝祥带回了两个消息，一个是他被皇帝钦定为榜首，另一个是他要将李氏送走，走得越远越好。不知那时的张孝祥出于怎样的理由要做得如此决绝，姑且为他想个善意的由头来开解：或许张孝祥自知在朝堂上得罪了秦桧一党，怕祸及家人，所以要为妻儿寻个安生处；又或许是他迫于曹永的逼婚压力；再或许是他宣称着“未婚”，怕此一事“败露”，落了小人口实，酿成欺君之罪；还或许是因为李氏的身世藏着不可为人知的秘密……总之，李氏必须送走。

张孝祥将李氏送到了她的老家浮山，并在李氏走后明媒正娶了表妹时氏为妻。自此，李氏成了浮山李氏，再不是他张孝祥的李氏。被送走的李氏知道自己是被“厌弃”了，终日以泪洗面，总想着是自己哪里做得不好，却自始至终不曾埋怨张孝祥一句。

她还是会幻想着有人来接她回家，犹记得郎骑竹马来，犹记得待月西厢下。可直到蜡炬成了灰，把盛夏等成了寒冬，把平地等成了朱楼，她终于绝望了，李氏选择在一道观里出了家，再不问人间的爱恨与冬夏。

远在他方的张孝祥过得也并不好，在官场上起起落落，最终夙愿还是未能得偿。妻子时氏也在二人成婚后第五年便病逝了。后来，张孝祥又另娶了妻室，也另添了几双儿女。

像是轻舟已过，像是时逝境迁，凡是与李氏有关的张孝祥都保持缄默，以致他的生活里再寻不得一丝李氏的痕迹，像是从未相爱过，像是从未相识过。

但有些情感犹如汉皋解佩，纵然无影无踪也能惊心动魄。世人都赞他国而忘家，也只有他自己知道他所辜负的爱是可比青天高、可比日月长的。今时，他仍然爱着她、牵挂着她，便是时间对他的极刑，时时惩罚着他背叛了深情。

张孝祥有几片情词用典颇多，以致读来总有文法压制情感之嫌。但在得知是他为李氏所作这一背景后，通篇可见的便也只剩思念了。

李氏走的那天，他虽没有十八相送却也是于心不忍，于是便有了那阕《念奴娇》：“风帆更起，望一天秋色，离愁无数。明日重阳尊酒里，谁与黄花为主？别岸风烟，孤舟灯火，今夕知何处？不如江月，照伊清夜同去……”

风帆扬起了，又是逢秋，有多少离别是在秋天上演，那么应景地以永世不见的结局应和着秋的萧瑟。重阳那日他是泡在酒樽里偷活的，杯酒非但长不了精神，还将人逼入绝地。后悔，是从分手那一刻开始的，它以巨大的张力填满了每一个黄昏清晨，甚至每一刻清醒时分。书案上的茶没了余温，江月也变得内敛深沉，花不再香，酒不再浓，粥也不再温。早已习惯了所拥有的一切，都在顷刻间彻底失去。不成想，他一心所求的治世安民的代价竟是情感上的永世荒芜。

身侧人也陆续换过几位，到头来最爱还是李氏。所有情字仍只为她一人写，只是世上最无用的二字就是“后悔”。自他们分别后的每一秋，他都独自成眠，李氏曾亲手缝制的衾被在每个霜降的夜晚都不再能御寒，可张孝祥仍旧固执地盖在身上，仿佛他爱的人还没离开。

李氏是个细腻人，她能把家打理得井井有条，屋内不染纤尘，却从不去扫院里的落花，每每这时，张孝祥都会赞她有诗人情怀，她也只是羞赧，粲然一笑惊艳得举世无双。他饮酒时，她便熬汤，也不劝他莫贪杯，只是为他以汤解酒极尽温柔。她万事都听他的，连要送走她时都是顺从，他就是她的天，于是天塌了，她便再不能活。

璧月长亏、玉簪中断、人去楼空、覆水难收，张孝祥再未去见过李氏，只是孤独地朝着浮山的方向眺望着、忏悔着。他的亭户被扫洒得干干净净，日光照着石板路折射出的都是冷清。院落里该有的落花，早被人抛在溪中逐了流水，他这诗人也只有靠着回忆才能写出些诗情画意。

在张孝祥与李氏的感情里有太多禁忌，也有太多秘密。两个人都至死守护，缄默地将所有“不可说”都带入了黄土，隔着千山万水，依然默契如初。

如若不是在1971年偶然发现了张孝祥之子张同之之墓，在墓志铭上出现“生母李氏”四字，或许永远不会有人知道，曾有那么一个女子，明明爱了一生，却最终没能嫁给爱情。

“拟把菱花一半，试寻高价皇州”。南宋末年，在兵荒马乱里，前朝驸马徐德言和妻子乐昌公主离散，在被迫分别时，他们将一面铜镜劈为两半，相约各执一半为信物，在正月十五到皇州的街市上售卖，以此为寻觅彼此的线索。转年，战事已息，徐德言在正月十五日赶到闹市，果真远远便看见有一人在叫卖半片铜镜，价格高昂、无人问津。徐德言知道，那便是他思念已久的人，鼻腔酸得几近窒息，闹市已成了无涯的荒野，沙鸥与石子间只有两个屏息流泪的人。

今时，张孝祥也拿着只一半的玉簪，同样站在皇州，他也要了令人望而却步的高价。只是他选错了时节，等在了永不相逢的秋景里，连明月都是缺，人间又怎会轻易上演团圆……

有时再多的不辞冰雪都不敌一句“我不爱你了”来得动人，一种是永生永世的纠葛，一种是放你在天地间自由。与其说是张孝祥抛下了李氏，不如说是爱情戏弄了他们，曾经檀郎谢女，都曾身披花雨。在这一场相逢戏里，他们布下了太多的玄机与秘密……

3 斜阳一染雨如雾

青玉案

贺铸

凌波不过横塘路，但目送、芳尘去。锦瑟年华谁与度？

月桥花院，琐窗朱户，只有春知处。

飞云冉冉蘅皋暮，彩笔新题断肠句。试问闲愁都几许？

一川烟草，满城风絮，梅子黄时雨。

该是怎样的愁思牵绊，才会让一个人本正值壮岁却心已衰翁……

贺铸，字方回，本是宋太祖皇后族孙、贺知章后裔，所娶亦是宗室之女。他自幼博闻强识、才藻富赡，其“笔端驱使李商隐、温庭筠，常奔命不暇”。他笔下的《鹧鸪天》能与苏轼的《江城子》相媲美，被世人并称为“悼词双璧”。可就是这样一个拥有华贵底色、文字衔华佩实，本性快意恩仇、任侠喜武的皇族贵胄，却终生被愁绪渲染着生命，他自号着“庆湖遗老”，又被世人称为“贺三愁”。

只因贺铸虽是簪缨出身，其自身仕途却始终是郁郁。他空有一身经天纬地的抱负，却也仅仅被安排在了冷职闲差上难展经纶。初初为官之际，他也曾热血满腔，写下那“轰饮酒垆，春色浮寒瓮，吸海垂虹”的波澜壮阔。他要结交天下忠肝义胆之士，为正气冲冠一怒，同知己生死与共。若有闲时便于京郊寻一酒家畅饮，抑或是牵黄擎苍荡平那狡兔的巢穴，他自信着此一生必能建功立业。

偏偏历尽了数十载的宦海沉浮，最终跟随于他的只是辗转四野，羁宦下僚。旧日的豪情壮志转瞬成空，还是那一片《六州歌头》，上阕下阕竟是两端光景、一梦黄粱。之后的贺铸仿似那一叶孤舟漂流于水中，相伴的只剩明月清风、满眼孤鸿。他本一心为国御敌却无路请缨，随身的宝剑也因久未出鞘而在冷风中嘶吼怅恨。

不愿再委身官场的泥沼，不愿攀附权贵、钻营勾结，更恨透了官情纸薄、弹冠相庆的嘴脸。于是，贺铸索性自请一冗从闲差，阔别了京城。离京的路途格外冷清，一路一船一老翁，半月缕烟片西风。贺铸终于道出了那句“恨登山临水，手寄七弦桐，目送归鸿”。

终于抵达，放眼望去，竟还是漫山遍野的荒凉景致。不巧那时逢秋，令贺铸本就怆然的心更添几重寂寥。五十岁的贺铸到了苏州，那里曾是他最为熟悉的地方，往日的他总是不敢轻易想起这里，唯恐触开了心事的闸门；可他却又从不曾有一刻真正将这里忘记。于此时此刻的此片土地而言，那苏州阊门本还是往昔模样，但于贺铸而言却因失了故人相陪，只觉万事皆非。

多年前的贺铸不曾是现在这般颓唐，他的青丝还未成雪，他的壮志还未磨灭，他的肩侧还有妻子赵氏深情的相依相偎。再看如今，伊人往矣，贺铸独自悄立于阊门许久，却没人再去握紧他的手，空落落的只剩下颤抖，贺铸不禁黯然，一句“重过阊门万事非，同来何事不同归”哀伤得令闻者垂泪。这首为其妻所作《鹧鸪天》后又被贺铸更名为《半死桐》，源自汉人记载“龙门有桐，其根半死半生，以之为琴，声为天下至悲”。他的悼亡词，也着实是天下至悲……

虽然贺铸官路未能如他料想那般青云直上，甚至连坦途都称不上，但妻子赵氏从未有过一丝半点的委屈与怨愤。哪怕是在贺铸被外放任职，与她聚少离多之时，赵氏也不曾心生埋怨。她曾独一人在入夜幽闭的房里，悉数着爱人的归期入眠；纵有万里相隔，她便眺望着有他的方位思念；平日劳作罢田间陇上，则又穿针引线不辞辛劳地缝补衣衫。

忆起往昔，贺铸时常自责，若是再多几封家信，让她少思念；若是再多几分叮咛，让她少几时劳累；若是早早卸官离任，多一些陪伴与责任，是否那亡人便会在这世间多停留、那离人会不忍。只可惜终究是辜负了，他此时所能弥补的也无非是去到那原野之上，清扫好那座亡妻孤坟。

时光的残忍，让贺铸再没了一点脾气，所剩的无非是长长的叹息。他就像那在秋日霜降后的梧桐，半生半死萧瑟索然；更像是那白头鸳鸯，在青丝成雪的年岁失了伴侣。所有的情思不知该说与谁听，故地新景又该知与谁同。

在妻子、母亲相继离世后，贺铸便孤身一人住在了姑苏盘门外一个名为横塘的地方。那里天高云淡，远离人烟。闲来无事，他便会四下游走，或许是沧桑历尽，沉淀过后的贺铸再看任一处风景都能多探出几分深刻。心有哀思，更常有触景生情。

“凌波不过横塘路，但目送，芳尘去。锦瑟华年谁与度？月桥花院、琐窗朱户，只有春知处。”在那不远处竟有一娉婷身影，罗袜生尘，美艳得不可方物。他刚要试探接近，她却转身移步，只给他一个婀娜背影，还有芬芳衣袖，令他回味无穷。他也想去追逐探究，也想要染指她的温柔，却偏偏他已步履沉重，而她又是行色匆匆。

他不知究竟谁会有幸拥那女子入怀，而不似他般只能悲戚着遗憾错过。抑或她本非这世上所有庸脂俗粉，那高傲的姿态、睥睨的神态，还有那不容亵渎的冷艳让她只能属于月桥花院，她的脱俗只得让她在锁窗闭户中与寂寞长拥。或许他们本都是一样，因为与世殊同，所以从始至终真正拥有的只能是寂寞。

一支墨笔记下了他的伤心诗句，只有贺铸知道，那行间字里的女子是故人也是他自己。是他再不能深情相拥的亡妻，更是他壮志难展的缩影。若是有一知心者挂怀，问问他此刻心绪，他定会将那封喉多年的哀怨全部吐露，哪怕造作、哪怕矫揉：我这一抔愁绪，就像那一川烟草，满城风絮，像那梅子黄时雨。他本是怕极琐碎的人，却将这一切琐碎重组得令人心醉又心碎。英雄老矣，美人迟暮，一腔抱负终究难展，唯有这烟草、风絮、梅雨如雾依旧如初……

贺铸的词句，从激昂壮烈到枯槁颓丧再到平静感伤，转折间纵贯了他生命全部的起伏轨迹。

到了白头长鬓之际，贺铸挥笔写下了“当年曾到王陵浦，鼓角悲风，千载辽东，回首人间万事空”的词句。谁料造化难测，正是此一句成了所谓“词谶”，就如同秦观死于滕州，贺铸也一语成谶，死在了常州北门外一个名为“王陵铺”的地方，的确是回首人间万事皆空了。

但值得庆幸的是，贺铸最终得以与其妻赵氏合葬，虽是相隔了足足二十年的光景，却终能“鸳鸯同栖”。他再不必每年孤身去理坟“话凄凉”，而是得以在那片轻抚了千万遍的黄土里安然静默。此一生尽是郁郁难平，岁月也不忍再度相欺，终究还是为他抚开了一生未展的眉头。

他是苏门词人，有风度，有风骨；他是“贺三愁”，愁梧桐半死，愁鸳鸯两散，愁壮志难酬；他是“贺梅子”，举目四望，看满城风絮，看梅雨生烟。

庆湖遗老，终究垂垂老矣……

4　男儿堕地已堪伤

沁园春

黄景仁

苍苍者天，生我何为？令人慨慷。叹其年难及，丁时已过；一寒至此，辛味都尝。似水才名，如烟好梦，断尽黄齑苦笋肠。临风叹，只六旬老母，苦节难偿。

男儿堕地堪伤，怪二十、何来镜里霜。况笑人寂寂，邓曾拜衮；所居赫赫，周已称郎。寿岂人争，才非尔福，天意兼之忌酒狂。当杯想，想五湖三亩，是我行藏。

白云苍狗，听多了人世有代谢。辛味都尝，无常之事早已见惯，总以为这身、这心已然无惧无伤。可终究还是肉体凡胎，精神上的东西终归要依附躯体。

佛家总会教化众生："不生不灭""不垢不净"，认为生命虽是苦的修行，但只要摆脱生的局限，只言当下，便可冲破一切桎梏再不受限。他也以为早已深谙这人世的因果，却在一场如烟好梦后深切体悟了三世诸佛能修得"五蕴皆空"是多么难得。

这阕《沁园春》是黄景仁在自己二十四岁生日当天写下的，胸怀块垒的他将蓬勃朝气早早地内耗殆尽，以致这一首自寿词听来总像绝命词那般感伤。仿佛这人世间的寂寞都是他的，从出生那一刻起他便注定是悲伤的基调。

总像是在背负着什么，所以生命没由来地沉重；总像是在忏悔着什么，所以嘴角总是不经意地下抑；总是希望改写命理的怫郁，所以负隅顽抗；总是风尘仆仆，最终大失所望。

黄景仁四岁便失去了父亲，唯一的哥哥也在他志学之年早亡，家境贫寒的他只得与母亲屠氏相依为命。据传，黄景仁一脉是大诗人黄庭坚的后裔，所以他的身上也应是淌着些披风抹月的词客血液的。

也不是从未有过得意时，只是黄景仁的得意都是在为接下来漫长的失意做着铺垫。十六岁那年，黄景仁应童子试，三千人参试，他名列第一，好不雀跃。转年，补博士弟子员，像一副拉满的弓，蓄势待发，期待着大展宏图。可似乎是将好运早早用尽了，自那之后的所有乡试，黄景仁皆不能中，甚至连“秀才”这一关卡他都屡闯不破、铩羽而归。

如此打击对年少便颇负诗名的黄景仁而言无疑是残忍的，再看罗隐“十举不第”的故事，除了感同身受的悲哀外，再不能给他一点安慰。“十有九人堪白眼，百无一用是书生”，他诗文盖世如何，他笔扫千军又如何，今时，除去孤芳自赏便只是百无一用。说到底，他还是活得委屈，有志气、有才气，只是缺了恰到好处的运气。古今多少志士仁人都曾在怀才不遇里零敲碎受煎熬至死，黄景仁听多见多，却未料这也将是他的命数。

后来，环堵萧然之下，黄景仁不得不担起谋生养家之任。生活只剩卧雪眠霜、东流西落。自顾不暇的他将爱情视为了奢侈品，属于他的天地里只有绝望。

黄景仁在最好的年纪里曾爱过一个人，但因为母亲屠氏不允，他们便只能在午夜私会。明月高悬于天，用如水月色映衬着他们的情意绵绵；花柳被晚风搅扰着不眠，他们便在树的清芬里奏乐，多少个花好月圆夜让他们神魂颠倒，又几番如痴如醉。

奈何两情相悦终不能敌媒妁之言，所以，他们各自近在眼前，又远在天边；明明彼此相爱却又注定了分别。最怕东方既白，光亮成了如芒在背的折磨。每到这时都是分别的时分，伊人罗袜生尘，难舍难离却还是关上了柴门。他也只是凝望，凝望着眼前隔着他爱人的那座红墙，却迢迢宛若隔着一整条星河。

终于，那最熟悉的月光还是成了旧时月色，他的爱人不愿一等再等，还是选择嫁给了远方。她成婚那日，黄景仁独自躲在锣鼓吵不到的角落，满院的喜气不沾他身，像是人世另一端的风景，明明那么哀伤还要将吉利语亲口说与她听。

妆台前的新娘同样眼里发潮，厚重的红妆抹了几度又被泪冲掉，她甚至不知将要上谁家的花轿，只知“从此萧郎是路人”，如丝的眉眼再不能为他描画。

良时，她终于缓缓踏出闺房，虽然花了妆却还是有如日出桃花的倾城颜色。他特地来送她出嫁，只为亲口祝福她“之子于归，宜室宜家”。不是他残忍薄情，只是寡母之意他不能忤，以致从未给过她盟誓，又怎能怨她不敢以终身相托。临别时分，他又祝她“绿树成荫子满枝”，语罢转身，她是凤冠霞帔宜了别人家室；而他，将至死相思、万劫不复……

情根姑且算是同她斩断了，可是他们告别的仪式太不郑重，以致思念翻江倒海与日渐浓。那是他此生最漫长的一天，长到他的一辈子都要为此而伤心。“似此星辰非昨夜，为谁风露立中宵”，他还是会去曾经约定的老地方，只是痴痴望着那座红墙，不再吹箫。连暧昧的冷露都变得绝情，打湿了他的衣袍再将凉意带入骨血。还是同样一轮明月，花下只有独影阑珊……

黄景仁一生辗转多地，可到头来还是不如意。二十二岁那年，他准备再度辞别家乡游幕谋生。临别前，看着苍颜白发的寡母不禁伤心疾首，此一行是前途未卜，哪里能容他栖身哪里便是他的目的地。

风雪把柴门刮得作响，在一个风饕雪虐的夜晚，潦倒的他离开了破败的家，留下一风烛老人孤身被风欺雪压。“此时有子不如无”，天知道黄景仁有多么自责，可这实不该是他的原罪。同处华夏大地，为何他的一方尽是凄风苦雨，而总有人轻而易举便可拥有风和日丽。

人事他都尽过，生活却如死水一般毫无希望、毫无起色。在胸口作祟了万遍的呼声还是冲破了喉头：放弃他吧，就像浩瀚夜空抛弃一颗星辰那般不动声色、毫无影踪。

不知从哪天起，他彻底放弃了自我救赎，黄景仁开始同优伶们厮混在一起，甚至粉墨登场唱起了梨园曲艺。他可曾是三千人中独领风骚的榜首，却沦落到为众多书生君子所侧目指摘。可再细听他登台的唱词，仍是人情冷暖凭空造的选段，原来，他从不曾释怀过，哪怕做戏，也不曾游离过自身的悲喜。

黄景仁说自己生来便是错的：是他的出生让本就困顿的家境还要多添副碗筷；不知父爱为何的他始终缺了坚强这一课；读了满腹的诗书化为了满腹的牢骚；多不易得了“游春侣”却各自两端成了“梦中人”；为求官职弃寡母不顾最终只能同伶人乞食……所以，他说“男儿落地堪伤”。

三十五岁那年，黄景仁在留下两千多首诗词后客死他乡，他被这人间事作弄得体无完肤，一生食不果腹却给后世留下了大笔宝贵的精神食粮。若直言正是种种失意才成全了他的诗意未免残忍，但的确是这些苦难在磨砺着他的诗魂。黄景仁的所有诗作都是承载着厚重情感的：是洗尽所有浮华，是摘去虚伪假面，你能直见的都是他最真的性情。

黄景仁有一生死至交名为洪亮吉，二人自幼相识，多年惺惺相惜。在黄景仁行将就木之时，特地书信一封寄给了远在千里的老友。收到信后的洪亮吉立刻借了一匹快马，连夜飞奔不敢休整。只可惜路途太远又太颠簸，他还是来晚了。待洪亮吉赶到之时，等待他的只是破庙里的一口棺材，还有几张卷了边的诗稿。

黄景仁就躺在棺材里，还是那身洗得发皱的白袍，眉间拧在一起的“川”字舒缓了很多，只剩依稀可见的纹路暗示着他并不顺遂的一生。真是久违了，如此平顺柔和的神色洪亮吉还只在他年少时见过。或许这死于他而言，方是真的解脱。

他，是来接他回家的，等眼泪彻底哭干，洪亮吉将黄景仁的棺材绑在了马上。就这样，一个人骑着一匹白马拖着一口棺材跌跌撞撞踏上了返乡的路。正是盛夏，烈日恨不能将黄土烤焦，有一远行客却马不停蹄只知赶路。因为黄景仁在写给他的信中只有一个心愿：离开了太久，他想要落叶归根。

“炎天走千里，素车白马伴君归”，不敢想象，这画面该是有多震撼，又有多悲壮。浩荡天地间，他载着巨大的哀怆独自向前。

终于到家了，黄景仁也可以入土为安了。洪亮吉不但安抚好了黄母并继续资助黄家人的生活，他还将黄景仁的诗稿仔细收集编撰，整理成册。

年少时，洪亮吉便总是劝他要少作哀诗，怕作多了成了诗谶，可黄景仁不理，只顾径自抒怀。今时，果真一一应验，洪亮吉想去责怪却不知该去怪谁，心想着要扒开黄土骂醒那个薄命人，可这一颗心却又为他柔软得成了烂泥。

黄景仁是被康乾盛世遗弃的人，一袭白袍，诉尽了不合时宜的悲哽。并非他偏颇，一路尽是波诡云谲、残山剩水，连饱食一餐都成了穷奢极欲。他不是贪心人，甚至无比羡慕着目不识丁的黔首百姓，他们男耕女织，黄发垂髫，一生就只着眼方寸间的土地，掸掉屋内尘土、修葺檐边青瓦、在河畔浣纱、再几餐淡饭粗茶。日子就那样平顺地过着，比朱门锦户还要风雅。村口的酒家宾客盈门，来者都是为消暑，无人买醉，除了他……

黄景仁是无声冷月投下的惨白月光，是茫茫大漠飘忽的至悲胡笳，是寂静荒岭回荡的幽怨空灵，是郊寒岛瘦，是飘泊天涯，是文人宿草，却不是人间富贵花。

或许黄景仁更应学学张岱，再无争些，再高傲些。与世割裂，只拏一小舟，拥毳衣，捧着炉火，独自到湖心亭看雪，看人与鸟声俱灭，看白茫茫一片大地真干净……

5 为君持酒劝斜阳

鹧鸪天

宋祁

画毂雕鞍狭路逢，一声肠断绣帘中。身无彩凤双飞翼，心有灵犀一点通。金作屋，玉为笼，车如流水马如龙。刘郎已恨蓬山远，更隔蓬山几万重。

多数人知晓宋祁是缘于那句“红杏枝头春意闹”的恰切熨帖，世人也因此谓其为“红杏尚书”，虽闻之总有轻浮之感，却真真丝毫无折辱、揶揄之意。宋祁的遣词从不造作，尤其以工丽服人，一阕诵罢，顺畅淋漓。亦如宋祁为人，潇洒耿直、堂正挺拔。

宋祁有着自己的为官之道：不轻易卷入派系斗争，不让污浊之流沾身，不行无义无聊事，虽有些隐世藏时的趋向，却又从未真正避世金门。无论是错综的财政安排抑或是繁杂的建设项目，再至劳神费力的著书立说，但凡是交由宋祁之手的任务，他定是责有攸归，并能完成得尽善尽美。

宋祁其人风流倜傥、气度不凡，同时又身为翰林学士，有着翩然文采，自是声名远播，博得青睐者无数。

天圣年间某日，宋祁在汴京的街头踱步，迎面遇上了一队从皇宫方向驶来的马车，通常这种情况无论是官员还是百姓都需向两侧避让，深谙礼教的宋祁也自然靠向了路边，微微垂头以示回避，待车队通行。一辆辆彩车从身侧不疾不徐地驶过，车身都是相同的雕花纹路，刻板得除了华贵毫无惊喜可言，看着铺陈了一路望不见尽头的车队，宋祁不免腹诽。思绪游移间，只听得一声“小宋”从身旁的车内传出，那是女子特有的音质，只一句他便听出了软语柔情，神魂不禁颠倒了几分。

宋祁被那一声“小宋”唤得有些六神无主，早顾不得什么礼数，待他抬头探看时，只见那声音主人在行进的马车中也微微探出头来，并对他粲然一笑，而后车帘便被缓缓放下，那车队渐行渐远。可只这一眼却足以让宋祁知晓何为“一见误终身”的惊艳：讲什么天地玄黄，论什么千古文章，什么礼教仁义，又什么天理人欲，他只知道此时此刻他的五脏六腑里装的全是那妙龄女子的眼角眉梢，宋祁的视线追随着那扬尘车马的轨迹久久张望，原本嘈杂的街口变得万籁无声，只有“小宋”二字的耳语在他心间盘桓着不停撩拨。

半晌，待宋祁回过神来，街头依旧是熙来攘往的人群，唯独他突兀地径自伫立。宋祁早已记不起此行的目的，只得掉转方向悻悻归家。一路上越是回味越是无从自持，一入家门，他就匆忙拾起纸笔，尽情倾泻着自己的千头万绪，挥毫间《鹧鸪天》一蹴而就，他那蘸满了浓情的笔墨前所未有地酣畅。

一声轻唤，让本是车水马龙的闹市成了四下无人的街头；一瞬相视，让他的志在经纶转瞬颠覆成了蒹葭之思。他本不信什么相思成灾，更不信什么意惹情牵，未料那一眼万年，他早在心底与那一面之缘人过完了一生……

不日，仁宗皇帝设宴，特召宋祁入宫，席间，皇帝竟安排人演唱了宋祁所填《鹧鸪天》，听得宋祁全程汗如雨下、如坐针毡。曲罢后，方寸大乱的他赶忙下跪请罪，敢对皇帝的女人动情必是大逆不道、罪不容诛。皇帝本就未有发难之心，见宋祁此状反而生起了调侃的兴致，打趣道："蓬山其实并不远，你那绝踪的佳人我已替你寻得。"

原来，仁宗皇帝早已得知此事，他还特命人找出了那日在车中轻唤的宫女，并决定寻一恰当时机将其赐给宋祁，成全这一桩美事。就这样，宋祁因一阕佳作换得了一段姻缘，一时间众口相传，成为美谈。诗人王士祯更是直言："小宋何幸得此奇遇，令人妒煞！"

无有情怀，难成文人；不解风情，难得佳作。宋祁是性情中人，自然爱极了声色歌舞、诗酒文章。他虽多情，却也周至，娶妻尽择美者，亦是不偏不倚极尽宠爱。《东轩笔录》有载，宋祁日赴一场宴饮，兴致愈浓，不觉间已是入夜，更深雾重，在一阵切肤的凉意袭来后，他便差人回家为他取衣，未料家中众多的妻妾婢女均是忙不迭地邀宠，以致最终每人拿出了一件甄选良久的厚衫。眼见捧着十几件衣物姗姗来迟的家仆，宋祁自知已犯了大忌。因为无论是身着哪一件，都必然会因厚此薄彼而激起其他家眷的飞醋妒意，他索性大手一挥，哪一件都不穿，任由自己在冷风中打战，最后虽染了风寒，好在“后院”算是相安无事。

早年的宋祁行事高调、凡事无有拘囿，尤其崇尚“及时行乐”的哲学，甚至将“浮生长恨欢娱少，肯爱千金轻一笑”当作毕生的信条。汴京中但凡盛大的酒宴歌席他鲜有缺席，更是频频设宴邀友，燃亮宝炬，通宵达旦，歌舞相继。宋祁在修《新唐书》时，则更为豪奢讲究，焚香净手，再唤来若干侍女，风情万种、燕瘦环肥。灯影下，二八佳人们环绕左右，有的研墨、有的抻纸、有的展卷。待到宋祁疲累时，这些朱唇粉面的女子们便为他揉肩敲背，于身侧呵气如兰。

虽是陷在霞裙月披的美色中，宋祁的文字却从不轻薄，他总能在方寸间的微妙里妥帖行走，文词不堕尘靡，也不自诩清高。他是个矛盾的个体，既可以专情得眼波心上只容一人，又常能八百烟娇逢源周至；既深谙官场的行事之道，又曾因倨傲而得罪百官错失了宰相之位；他既推崇花下煮酒花间眠的悠闲，又忧国忧民地针砭“三冗三费”的时弊。

就是这样矛盾的宋祁，他高调了一辈子，却在暮年选择了谦卑。临终前，他已为自己想好了墓志铭，并撰写了一篇“遗戒”告知儿孙：“三日殓，三日葬、慎无为流俗阴阳拘忌也。”且不求谥号，不求赠典，更不需要任何陪葬器物。他自鉴：治学尚未成一家，所作文章也是平平，不足垂后。宋祁还以毕生所历告知后人，莫要刻意追名逐利，莫要骄奢放逸，更莫要被世俗操纵束住手脚。

的确，生死之时，任谁人都会有出乎本心的敬畏，瞬间便可理清往昔种种的纠葛：辜负过谁，欺哄过谁，哪一个节点曾行差踏错，哪一幕荒唐应捶胸顿首……在那人生中的最后一刻清醒，他终于开始领悟，劝诫后世永远警醒。

“为君持酒劝斜阳，且向花间留晚照。”总固执地认为这应该是宋祁自己最为满意的词句。那日，他信步走在东城，春日用温度为万物柔情着色，远处的水波摇着扁舟，霞光下的柳枝曼舞，红杏挤满了枝头斗艳。夕阳的烫金撒了满地，天边只余悠悠一抹斜阳的倩影。世间最美的一切都在此刻交互：夕阳的角度、春日的温度、大地的热度、柳枝的柔度，糅合在一起便能轻易唤起诗人发自心底的感动。

此刻的宋祁距“羽化而登仙”的秘境只缺了一盅烈酒，可遗憾的是，眼前的美好总会稍纵即逝。黑夜跃跃欲试着登场，让所有滴红翠绿都黯然失色。他多希望那夕阳能缓缓步调，待他去取上一壶好酒，而后举觥相向，他要劝它永远挂在天边，不为彼此神交，只为能把晚花照耀……

他曾那般诗意得招摇，让人神往得心旌摇摇……

6 人生长恨水长东

乌夜啼

李煜

林花谢了春红，太匆匆，无奈朝来寒雨晚来风。

胭脂泪，相留醉，几时重，自是人生长恨水长东。

李煜是个伤心人，他拥有一切，却也什么都不曾真正拥有。纵然他的文字再过多情，我们所能读到的总是那么一种“我不爱世人，世人也别来爱我”的心境。

他本没什么凌霄之志，虽是唐中主李璟的第六子，他却不爱政事、无心争权。李煜自号着“钟峰隐者”“莲峰居士”，以此告知着有心人莫因朝事来叨扰，他虽身在帝王家却一心遁世。只可惜这宿命的倾轧偏偏让李煜求隐不得。相争也好，无争也罢，命运的步步紧逼最终还是将他推怂到了权力的顶峰，也同时画地为牢，囚他于内。可万人之上的位置于他而言便是逼仄绝境，李煜太过了解自己，他并非什么治世英才。

所以，在本该刚毅的时候他偏偏懦弱，在本该指点江山的时刻他只愿谈风月，在北鄙之声四起的时候他还在沉湎酒色……如此种种也便不难解：为何本是虹霓吐颖的李煜能够坐拥的只是一片破碎山河。

身为国主，李煜却终日潜身文藻词海，爱调琴鸣箫、喜工笔写意。沉浸在温柔乡里的后主与日奢靡，鲜问国事。

那时，李煜的皇后为周娥皇：出身相府，精通诗画音律，擅舞擅弈，一曲琵琶更是只应天上有。在某次冬日饮宴中，李煜有意为难娥皇，要求她即兴作曲。娥皇也并未羞赧推辞，顷刻间就完成了《邀醉舞破调》《恨来迟破调》两曲。她纤手指轻拨，绕梁之音便从指间缓淌而出，李煜闻后，不禁大加称赞。后来，李煜同娥皇还共同修复了因战乱而残缺的《霓裳羽衣舞曲》，管弦声起，便是一片盛唐风貌跃然眼底。

李煜将对风花雪月的爱恋与憧想尽数寄放给了娥皇，他专宠于她，并为她写下“一曲清歌，暂引樱桃破”“烂嚼红茸，笑向檀郎唾”。李煜对娥皇的浓情蜜意从不加以隐藏，甚至恨不能说与天下人听。他不顾什么风貌仪态、什么繁文缛节，只要能博佳人一笑，他不惜“手提金缕鞋”从周后的轩窗爬进爬出。

只可惜在他们成婚的第十年，娥皇身患重病，与此同时，她又得知了李煜与自己的妹妹早已两相缱绻、互诉衷肠，带着悲哀与无奈，周娥皇含怨而终，红颜命薄的判词让她还没苍老就已逝去。

在周娥皇去世的第三年，金陵城内再次繁弦急管、笙歌鼎沸。这一天是立后大典，李煜的第二位皇后是小周后，也就是娥皇的亲妹妹，她年方十九，正是多年前娥皇嫁给李煜的年纪。不知那个在大周后去世后自称“鳏夫煜”的李煜，再看这眼前新人如此熟稔的音容，又会生出些什么感慨。

前半生尽是歌之靡靡、醉生梦死，直到问出那句“几曾识干戈”，李煜方才后知后觉，他竟毫无防备地被卷入了一场由来已久的战争，又毫无防备地从国主沦为了囚徒。

当宋朝军队来犯，李煜自知怕是要愧对先祖，“最是仓皇辞庙日”，还没能向着祖庙磕完头，李煜便被敌军生拉硬拽地掳走，那一刻也成了他一生的分水岭。

亡国了，小周后并未弃李煜而去，而是陪伴他做了宋的俘虏。那个在“烛影斧声”后继位的赵光义因贪恋小周后美色，竟几度遣人将她掳进自己的宫闱。身已浮萍，人还哪敢再有什么脾气，纵千般意难平，也无非色厉内荏。李煜只得与小周后吞下苦楚抱头饮泣。

国仇家恨的累积让他那天性里的东西被强制着滋长，想要释放的渴望也在一寸寸侵蚀着缄默的心脏。

作为国主的李煜算是死去了，但作为词人的李煜却在飞速生长，所有的靡靡之音开始脱胎换骨，萎靡到灰土里的他突然张扬地耀眼起来，甚至比身为一国之君的旧时更加鲜亮。

普世的认知不会接受任何人用国土的沦丧来唤醒一个词人的新生，毕竟如发屋求狸、代价太大。而对李煜，后世便有着千百的理解与宽容，哪怕他在亡国的一刻还想着“挥泪对宫娥”；哪怕他奢靡无度地挑战着正统的底线；哪怕他在其位却不善谋其政，哪怕他……可是那些爱他的人还是那么爱他。

因为他的“雕栏玉砌应犹在”，因为他的“寂寞梧桐深院锁清秋”，因为他的“世事漫随流水，算来一梦浮生”……这样的他，谁还忍心去恨。

怀念故国的词句李煜写了一篇又一篇，他的四十年来家国，他的三千里地河山，如今怕是早已禾黍故宫，更了姓名，也改了颜色，唯独他这遗孤还在径自哼诵着前朝的悲歌。一腔的控诉、满心的愁思，他还是说出了那阕憋闷了许久的亡命词：“小楼昨夜又东风，故国不堪回首明月中。”

这阕《虞美人》如李煜所料，果真为他招致杀身之祸，宋朝皇帝“赏赉”了一樽毒酒，李煜一饮而尽，当即毒发身亡，死在了小周后的怀里。就这样，李煜带着他记忆里故国的春花秋月，还有朱颜更改的雕栏玉砌，就此弃世。那天正是七夕，也是他四十二岁的生日，就连死，他都顺着性情择了个浪漫的日子。

忧郁也犹豫了一生的李煜，在死生之际，选择了一种毫无犹疑的果决，怕是他自己也早已厌倦了那郁结的悲哽，索性就放任自己洒脱一次。这一生尽是被风花雪月所累，当勇敢时没能勇敢，该担当时没能担当，那么生命的末节，何不来一次壮烈。让那一杯鸩酒，了却那一生情愁。

李煜死后不久，生无可恋的小周后也追随而去，香消玉殒，二人最终得以合葬。

从不敢妄议李煜，因他背负的着实太多，不敢想在千夫所指的负罪里他如何自处，况且这人事又从不曾有什么真正意义上的感同身受，所以只敢斗胆观品他的词句，再来无有他心。

“林花谢了春红”，这一句若是出自寻常人的笔触，总是会被评议为悲春伤秋的滥觞，而李煜执笔，却能让闻者透过那风化了千年的纸张，同他将那大半生的荣辱走上一遭。

万事都太匆匆，匆匆得猝不及防。当一切从云端跌入尘土，李煜却仅以一滴“胭脂泪”来起承转合。他要将千头万绪通通抛进那东逝江河，随它无休无止，随它没有尽头，因为太在意与太不在意的结局都是同种悲凉。

李煜或许生来背负的便是开辟新词的使命，偏偏错托了躯身。其实，身为国主的他并非从始至终昏庸，李煜曾施善、修庙、心怀厚土、胸襟洒落，他对犯颜直谏者只是置之不理从不治罪，原本那江山可凭他的厚德再撑上几十年的气数。

可偏偏他又因生在深宫，长于妇人之手，还是缺了那杀伐决断的气度，更听不得什么征服鏖战的残酷。所以，当宋军兵临城下时，李煜选择了肉袒出降，连殉国的果敢都没有，他只得任人鱼肉。

“国家不幸诗家幸，赋到沧桑句便工。葬送一座江山，换得一册千古绝唱。”南唐往事因他而浓墨重彩，宋亡了他的国，他却以他的词领韵了整个宋朝。

李煜早有明志，他要做一隐士，从干戈里隐去，从琳琅里隐去，只庸庸做那沧海一粟，愿谁人都不屑拿来品评。

但今生终究不幸，若有来世，他情愿只理田垄，不做君王……

7　琵琶弦上说相思

临江仙

晏几道

梦后楼台高锁，酒醒帘幕低垂。
去年春恨却来时，落花人独立，微雨燕双飞。
记得小苹初见，两重心字罗衣。
琵琶弦上说相思，当时明月在，曾照彩云归。

用一双眼睛看一场瀑布，看那五丈以上是水，十丈以下成烟，看百丈千丈里，水烟纠缠得难解难分。看那历尽了千万年的侵蚀演变后，终于从天上跌入人间。

让那直面而下的飞流给予扑面的震撼，感受那一种剧烈动态下的静默，感受人类在自然面前微乎其微，也感受自然给人的感慨、宽慰。

那些凌空飞溅的好似青年壮岁时分，耀着太阳的光影，热切又热泪盈眶。那些渐趋跌落的则似耄耋老者，释放奔徙后从容地逐流随波。但最终的最终，无论是嚣张的或是平顺的，贫瘠的或是奢靡的，总是要归于那三谛圆融。

人们在宏观的或是微观的景物里找寻启示：占星、观潮，静坐一炉香、看一叶一菩提。本以为不理那风幡，不顾那风涛，这一生便也少了些风波。可有些风起云涌的澎湃仅仅是始于一个不经意的抬眼、一次短促的摩肩或是一曲琵琶的轻捻，让人误了终身也毫不自知。

我们总是轻易下着结论，说着既然看透世事便不会成一痴人。可现实往往相反，有的人，正是因为过尽了千帆反而要坚守着那么一份执拗与情痴，因为他们知道，自己所坚守的正是那最后的一点本真。

晏几道便是痴人，他的《小山词》乍见高华绮丽，反复咀嚼后则是蚀骨的荒凉凄婉。他总是在刻意贴近寂寞，贴近酒阑人散后的空虚、贴近杨花落尽后的荒芜、贴近烟火瞬息后的落寞，他直面着所有世人避之不及的孤独。

他不屑为赋新词强说愁的造作，他笔下的一切都曾有起始。

那年，十五岁的晏几道面如冠玉、惊才风逸，父亲晏殊正是官居相位、权重望崇。晏几道在长戟高门里长大，锦衣玉食应有尽有，汴京里的所有少年，无一可与他比肩。

也是那一年，他随父亲应抚州知府邀约返回家乡临川一探，正是这一探让他遇上了那个惦念一生却求而不得的人，也让他的笔法多了哀丽与深沉，小山词境在那一刻成形。

抚州知府的衙后有一名为金柅园的园林，晏几道父子二人便被邀请在那里饮宴。古木修竹的香气混着佳肴鲜酿的清芬沁人心脾，一池的清水托举着莲叶蛙鸟，园子里栽满了晏几道未曾见过的奇花异草。

顺着假山的方向望去，有一绣花画楼矗立园中，镂空的雕窗，重彩的梁柱，艳色惹眼却不违和轻浮，这幢画楼与这金柅园相得益彰、浑然一体。晏几道思索着此般人间仙境里住的定当是仙女，而后一丝莞尔的讥诮挂在嘴角，他偷偷嘲笑着自己幼稚的猜想。

畅饮过半，知府命人把自己的女儿小苹叫来拜见晏殊。片晌，只见一袅袅婷婷的身影从眼前的绣楼中走出，那女子楚腰蛴领、粉面含春，甚至比画楼檐上的琉璃瓦还要艳丽亮眼。知府让女儿小苹与晏几道以兄妹相称，他骄傲地言语着小苹琴棋书画无一不精，并让小苹当场奏上一曲琵琶。

抱着琵琶的小苹双颊绯红，整理好情绪只闻一曲《双燕飞》响遏行云、倾泻而出，这正是晏几道最爱的曲调。颜如玉、音绕梁，红袖飘郦、青丝飞扬，那一刻的动魄惊心，晏几道一生也忘不了，原来那绣楼之中，住的真是仙女。

自那场酒宴过后，晏几道便成了金梲园中的常客，每每晏几道来访，小苹均陪在左右一同玩赏：景贤书屋、怀谢亭、梦草池塘、临川楼，芳园荷荡、凝香画戟……金梲园里尽是耳鬓厮磨或是温吞软语。

在浅池边采莲，笑看春风卷帘；在船上听雨眠，把古砚磨得凹陷；取下宝钗端看，吹一声哨子引那低飞白雁；兰霞掠影，抚瑶琴协奏江南相思引。情不知所起，一切正当年。

想来若是让晏几道就此老死在这湖光山色、衣香鬟影里，他也定是愿意的。只可惜来不及好好告别，他便必须随政务缠身的父亲打道回京。怨只怨晏几道错信了父亲那一句“人生何处不相逢”，他与小苹这一别，便是永不相逢。

隔阔相思，千里月明，小苹与晏几道原本用书信遥寄着对彼此的思念，可说不清到底是从那一天起，小苹的笔迹再没能跨过千山万水，晏几道的绵绵情思也再没了回音。山高水远，他们终于还是落得那鳞鸿尽绝。

又是夜凉如水的时分，晏几道勉强入睡，梦中，画楼被高高地锁起，竟有些破落的痕迹，那个始终被卷起的帘幕竟然也已低垂，晏几道呼唤了千百遍，只有空落的宁静昭示着物是人非，心灰意冷与孤独无助一并向他袭来。

忽然有《双燕飞》的音符入耳，晏几道循着声音张望，终于看见了那抹让他相思成疾的倩影：小苹穿着绣着两重心字的罗衣，琵琶倚在她怀里，入耳的喃喃音色像是杂糅着世间全部的嗔怨与相思。

晏几道想要靠近，又好似有一堵透明的墙隔断了他的去路，他努力伸手去触碰，小苹的身影竟成了镜花水月的虚幻，在晏几道触及的一瞬间失真漾开，他甚至听见那碎了满地的声响。晏几道被惊醒，满头的冷汗。他知道，有种思念是时间也无从治愈的。

晏几道曾多次恳求父亲让他重回临川，去探望小苹一家，可晏殊则含混其词从不应允。直到这次晏几道在梦见小苹后一病不起，爱子心切的晏殊才准了他重回故地的请求。

山遥路远、舟车劳顿致使晏几道几度病重，但他依旧不愿在路上耽搁一日，因为那积了满腹的情意他早已迫不及待地要说与小苹听。终于到了日思夜想的金梶园，而那里的景致竟与他梦中所见如出一辙：楼台高锁、帘幕低垂，斯人不知何处。晏几道相托多人、几方打探，还是得到了那个他曾有预料却始终不愿相信的消息：小苹的父亲被人诬陷后充军，小苹沦落为歌女，早已不知去向。

晏几道一人在那金梶园伫立了许久许久，久到将从前的一幕幕都在心底过了一遍遍。之后，他狠心做了一个饶恕彼此的决定：不再去寻小苹。想来小苹最怕见的便是他，毕竟沦落于那样的境况里，也只有永不相见才能保全她最后的一丝尊严。从她不再回信的那一刻，他便应该知道，有些过往再不该追忆。

“两鬓可怜青，只为相思老”，往事从不曾在他记忆里褪色，毕竟有些人哪怕只见一面，也足以挂怀一生。问不到那蝶与莺的去处，猝不及防那坠粉飘红，登不上隔水的高楼，也不敢贸然留下黄昏拥眠。

一杯残酒追忆故人，年岁此般涤荡，却仍洗不去他初爱的刻骨铭心；一曲新词配上旧曲，万千的过往如故衣附体，他的文字里到处都有相思的踪迹。

坠跌的雨水辞别了乌云，流淌的江水奔涌入沧海，本明了这世间所有“昨日之日不可留”的道理，却仍执着在心间留一方梦田：手持着秋莲，耕种下思念。

只要当时明月在，她便始终是最亮眼的天边云彩，他只等不寻：等一个不定的归期，等一个等不来的故人……

第五章
远影绝尘风波定：那些缥缈的随风一诺

1 季子平安否 我亦飘零久

金缕曲

顾贞观

季子平安否？便归来、平生万事，那堪回首！行路悠悠谁慰藉，母老家贫子幼。记不起、从前杯酒。魑魅搏人应见惯，总输他、覆雨翻云手。冰与雪，周旋久。

泪痕莫滴牛衣透。数天涯、依然骨肉，几家能彀？比似红颜多命薄，更不如今还有。只绝塞、苦寒难受。廿载包胥承一诺，盼乌头、马角终相救。置此札，君怀袖。

那一年的冬天，京师下了格外大的雪，大到漫山遍野的银白刺得双眼猩红，大到枯木朽枝被欺压得垂了头，大到足够吞没所有吵嚷的巷尾街口，大到足以将满身的热血霜冻……

也是这纤尘不染的纯白大雪涤荡了一切灰霾，擦亮了湖面，分明了天与地的界限。本是一派青朗朗的人间，有一人却从不敢看雪，只因他等的人还未能如愿昭雪。所以，纵是再浩荡的景致也占不了一隅他负累满满的心，纵是千百杯的新醅热酒也化不开他自困的隆冬。

手中老友的来信顾贞观看了又看，那笔迹已然没了什么力道，让他熟悉又陌生："弟年来摇落特甚，双鬓渐星，妇复多病，一男两女，薇藿不充。回念老母，郁然在堂。迢递关河，归省无日。虽欲自慰，只益悲辛。"这是吴兆骞被流放宁古塔的第十八个冬日，也是他为吴兆骞奔走的第十八个冬日。

思绪倒回至那顺治十四年，那场震惊朝野的"南闱科场案"是一切的起始。吴兆骞正是在这年科举中考中的举人，他出身官宦世家，昂藏七尺又才高八斗，一朝中举，难免气满志骄、傲睨一切。

可就在他本该打马长安、鸿翔鸾起之时，却变生意外，有人刻意引导舆论，暗指这场科举"弊窦多端"，顺治帝闻后怒火中烧，当即下令绞死十七位考官，并敕令将所有中举之人悉数缉拿、披枷锁、戴刑具进京复试。复试时，他还在每个中举者左右均安排了手持钢刀的士兵来"监考"。

被此般对待折辱，于九岁能作《胆赋》、十岁写就《京都赋》，少岁便声震文坛的吴兆骞而言，无异于纵曲枉直，他不甘受此大辱，也不甘心蒙此覆盆之冤。盛怒之下的吴兆骞当场负气交了白卷，他的恃才恣纵也让他错失了最后自证清白的机会。亲自监考的顺治帝被吴兆骞不适时宜的清高彻底触怒，他以“不学无术”之名将吴兆骞治罪，后将他发配到宁古塔充军。就这样，吴兆骞漫长而永无宁日的流放之路开始了，而这原本不该是他的人生。

世事就是这样，空口说着仁慈，却又悭吝于给人机会。你错不得一步，因为那一步的代价便可能是为期一生的流放。只有亲历者会长歌当哭地为己鸣冤，可再过凄厉的嘶吼对浩瀚的历史长河而言无非雪泥鸿爪。后人一声叹息的感慨里往往是前人的一生苍老……

从某种意义上讲，吴兆骞也是幸运的，幸运的是有一人为他鸣冤了二十余载。在他自己都认命准备老死客地的时候，好友顾贞观却仍旧风里雨里地为他坚守、施以营救。

可那终究是皇帝亲办的铁案，任顾贞观求遍了满朝的文武、拜遍了满京的权贵，最终都被那一语“君无戏言”回绝得无能为力。再转眼，已是康熙继位，对于父亲定下的案子，康熙并没有重翻的意思，更何况其中还牵扯着满汉两族“不可说”的关系，他规避还不及。于是，对吴兆骞的施救又变得渺无希望。

“我亦飘零久，十年来，深恩负尽，死生师友。宿昔齐名非忝窃，试看杜陵消瘦。曾不减，夜郎僝僽。薄命长辞知己别，问人生，到此凄凉否？千万恨，为君剖。

“兄生辛未我丁丑，共些时，冰霜摧折，早衰蒲柳。词赋从今须少作，留取心魂相守。但愿得，河清人寿。归日急翻行戍稿，把空名料理传身后。言不尽，观顿首。”

不知你近来平安与否，想着你即便归来，对往日的遗恨定也无力承受。还想问上一句你无恙否，我也知道在如洪流般奔袭而来的恶意里，谁又能真的无恙。有千万句话想要与你说起，喉头被哽住尽是咽不下的心悸。曾经的你我诗酒相娱，而今千里相隔生死难依。好在我们还置身在同一场大雪里，是你下给我，也是我下给你。

莫要让泪水沾了满襟，你且放心，“廿载包胥承一诺，盼乌头马角终相救”。我向你承诺，定会像申包胥那样践行诺言，哪怕二十载也甘之如饴。你只需保重，总会有一场雪为你带去可缓缓归矣的消息。

其实我也飘零了许久，这十年深恩负尽，更无从报得你这生死之交的师友。我的夫人已弃世，我的知己被流放，我的千恨万怨并不较你少，如此种种你可知我多想只为你剖。放心，我还会继续为你奔走，等你早日归来同我心魂相守，等我们的河清人寿。我这满纸血泪仍道不尽你愁我忧，只得在此用尽全身气力向你行礼磕头……

顾贞观的两阕《金缕曲》无一字不肺腑，他的忘年交纳兰性德更是被震撼得数度垂泪。其实在那之前，顾贞观也曾相求于他，只是他与吴兆骞并不相熟，也不愿劳神费力于一桩旧案，更何况若是哪一步差池犯了龙颜，被倾覆的便可能是相府。

但两阕《金缕曲》一出，纳兰性德便只剩了一腔的热泪，他本就是容易感怀的人，哪能见得如此时戕下的离恨。他答应顾贞观定会竭力救吴兆骞，纳兰性德不知道单这一应，顾贞观已经等了整整十八年。可人寿几何，顾贞观乞求纳兰能以五载为期，他多久都能等，只怕远方的人在冰霜摧折里再等不到归期。纳兰又是满眼泪水，以《金缕曲》相答："绝塞生还吴季子，算眼前外皆闲事。"

于是，又一人的五年光阴，只为吴兆骞而奔忙。最终在纳兰性德及其父亲纳兰明珠等人的倾力斡旋下，吴兆骞终于回到了暌违二十三年之久的关内。他曾为在宁古塔出生的儿子取名苏还，希望自己能同北海牧羊的苏武一样，纵是饮月窟冰、餐天上雪，终能了无遗憾、归至故里，这一刻，带着满面的尘土终于归来……

吴兆骞到明珠府上拜谢，在一间屋内的白壁上他看见"顾梁汾为松陵才子吴汉槎屈膝处”几字。遥想当年桀骜，为一时之气搁笔而酿大祸，还自以为那是风骨是气魄，可顾贞观却为他摧眉折腰了二十三年，才换得他如今这一身“百无一用”的自由。所有的往事一并喷涌，吴兆骞涕泗交流。

吴兆骞不知道的是，在某次相国府的饮宴上，纳兰明珠知道顾贞观已多年滴酒不沾，却仍斟了满碗的酒予他，并承诺他若是饮尽，必救回吴兆骞。顾贞观无丝毫犹疑态，将满碗的烈酒一饮而尽。纳兰明珠则笑他不解唇齿之戏，告诉他即便他不饮，自己也会全力救他的朋友。毕竟单单顾贞观的两阕《金缕曲》便足以打动所有人。所以，当时的人们更愿称其为“赎命词”。

有人交的是朋友，可有人交的是命。这冷冷清清的尘世，本容不下什么多情种子；这索居离群的生活，本不该相互有什么挂碍，怕就怕那恼人的执念，将人一生牵绊。

他竟将心锥出血，揽上满襟的泪，弯下笔直背，陪人一醉。什么不可失的颜面，什么不可输的气概，什么哀梨并剪，什么感慕缠怀，他通通不以为意。只将全部的心力赋予了一场救赎，他说魑魅搏人应见惯，却没有一刻肯臣服。

又一场大雪落满了京师，他在院中独立，那是他第一次敢坦荡地看雪，虽然那些爬上他两鬓的白雪再没能跌落，虽然那冷冷清清的院中还是他形孤影孑，虽然刮擦着皮肤的寒风留下了大片皲裂，虽然他已从壮岁到了暮年，但终究了了心愿。

他已奔波了太久、太久，接下来的飘零人世，他再不会许下什么宏愿诺言，人别来负我，我也不会负人。

词赋从今须少作，留取心魂相守。但愿得，河清人寿!

2 不见鱼书至　相思梦入秦

留赠玉环诗

韦皋

黄雀衔来已数春，别时留解赠佳人。

长江不见鱼书至，为遣相思梦入秦。

“青埂峰下，一僧一道告诫灵性已通凡心正炽的灵石：‘凡间之事，美中不足，好事多磨，乐极悲生，人非物换，到头一梦，万境归空，你还去吗？’顽石曰：‘我要去。’”

这人世悠悠，天道渺茫，却总有些人不畏毒手尊拳、不信流水无情，放胆撇下那一颗木石之心，非要以己之命，博一片情孚意合。

于是，便有了所谓薄情：你将这一生都许了他，他却开始装聋作哑，你以为的木石前盟，不过是他的无心之恩。

在韦皋成为名震八方的左金吾卫将军、封疆大吏之前，青年的他曾在一个姜姓的使君家授业，为姜家的小儿荆宝讲习经书。

荆宝善与人交又人情练达，对韦皋尤为欣赏敬重，二人的关系如兄如父，并很快因性情相近结为知己莫逆。

在荆宝的身边有一婢女，名为玉箫，约是总角的年岁，口齿伶俐，活泼可人。玉箫也随荆宝称韦皋为韦兄，三人相处融洽，无什么尊卑之分，也便无有僭越。在韦皋讲经时，玉箫常常托腮旁听，若是讲到她感兴趣的地方，那水灵灵的大眼睛里便会泛起星光，甚至听得比荆宝还要认真入迷；若是韦皋讲到晦涩难懂处，再看玉箫，早是上眼皮与下眼皮纠缠得难分难解，不消多时，重重的呼吸伴着起伏的轻鼾声便会响起。

看着玉箫，韦皋总会觉得世界都柔软了起来，漫山遍野的花也都开好了。

日子就这样匆匆溜走，没有大的惊喜却也从不无聊。两年后，姜使君接令入关，荆宝的学业也有了大的长进，韦皋意识到实不该继续留在姜家吃食居住，于是便搬到了相去不远的头陀寺中暂居。

荆宝挂念韦皋，时常去看望，若有不便抽身时，则遣玉箫前去。玉箫细腻体贴，每每登门必会带去些物资用品：天凉时携去厚被，悉心铺好，再向韦皋索要个感激眼神；或是带去些糕点，捏出各色别出心裁的形状，让韦皋吃得满口桂花香；偶尔带去一方白瓷砚，献宝似的捧在韦皋面前，讨他一句夸奖；更多的时候，是拿来一卷经书，缠着韦皋讲上半晌，而后似懂非懂地点着头。

彼此的爱慕之情就这样不清不楚地产生、蒸腾、弥散，继而盛放。晨钟暮鼓混着乡里吴音，他在檐头小竹椅里读书，她就升起炊烟惹了一身香汗；他在雨后的石路上踩着月光，她则在没膝的浅水里将洗好的袍子绞干；他读史诵诗闭眼参禅，她烧茶煮饭洗好碗盏。

韦皋是读过《诗经》的，读过“既见君子、云胡不喜”，读过“自牧归荑，洵美且异”，那些旖旎文字只让他觉得相逢相许是那般惬意美好，却从未奢望过轻易拥有。而如今，玉箫于他便是最美的邂逅，是“青青子衿，悠悠我心”，是“巧笑倩兮，美目盼兮”。

只可惜深情不寿，故事讲到这里便是落了俗套的转折：韦皋的叔父来信，要求他速速回家省亲。

直到舟船停在江岸的一刻，玉箫才生了离别的滋味，她忍着抽泣来送韦皋返乡，嗓音呜咽，两个眼眶红得好像闻得见香味的春桃。那是韦皋第一次在玉箫脸上看见悲伤的痕迹，虽是楚楚动人，但他最爱的还是她的爽朗笑颜，那般地单纯而美好，数不清有多少次让他如沐春风。

为了不让玉箫过度伤心，韦皋与她约定，少则五载，不出七年，待她出落得亭亭，到了当婚的年纪，定会回来娶她。韦皋还写了一首诗，并留下一枚玉指环，一同赠予了玉箫。

后来，韦皋一路封侯：从佐使府到陇州节度使，又擢升左金吾大将军，被委以镇守蜀地的重任。在西蜀任仆射的韦皋，在重审旧案时，竟意外发现了多年未见、身载重枷的荆宝，经过几番审理后，韦皋得知荆宝是被家人连累以致轻罪重罚，韦皋即刻为他昭雪并留他在身边做宾客幕僚。

由于与吐蕃的战乱方平，蜀地百废待兴，韦皋焚膏继晷终日忙于公务。他甚至无暇与荆宝班荆道旧，便更忽视了荆宝的几度欲言又止的面有憾色。

一连数月，战地西蜀在韦皋的厘奸剔弊下终于秩序井然，难得闲暇，韦皋忙叫来荆宝，问起玉箫的下落。荆宝沉默了许久，韦皋也不催促，只是静静地看着他，看那昔日的白衣少年竟也蓄起了须髯，从不知烦恼为何物的荆宝竟也会眉头紧锁，手背与脸上深深浅浅的疮疤足见这些年他吃了不少苦。那一别，是多少年了，韦皋已记不得……

荆宝缓缓开口："仆射登船那日，曾与玉箫订下七年之约，您说七年为限，必来娶他，您逾期未至，玉箫便绝食而终了。"

原来，独留鹦鹉洲的玉箫望眼欲穿了五载，却没能等来一纸鱼雁，山远水长，她的相思比远山还要绵长。又过了两度春秋，她守望的姿态宛若磐石，越多人笑她痴，她反而越坚韧。朝飞暮卷，玉箫早已出落得绰约多姿，只可惜丢了往日的欢颜，只因她等的人还是未来。

在第八年的春天，玉箫重新去了头陀寺，又听了一遍那里的晨钟暮鼓，又走了一遍青苔石板，在韦皋常坐的那把小竹椅里她重看了一场月光。

在太阳照常升起的时辰，玉箫回到姜家，梳洗罢，合上了那卷被翻软了的经文，眼神里卸下了等待，只剩决绝。玉箫自语："韦郎一别，已过七年，是不来了。"而后再不进食。

玉箫死了，姜家人念其痴心尤为不忍，于是将她桌边韦皋赠予的玉指环戴在了她手上，连同她在死前誊写的韦皋的赠诗一同下葬。

"仆射可还记得那诗？"荆宝说道，"'黄雀衔来已数春，别时留解赠佳人。长江不见鱼书至，为遣相思梦入秦。'玉箫至死还在念着……"

荆宝又说了许久，可泪眼模糊的韦皋早已听不清：那场别开生面的缘分，曾陪伴他们数年时光，可别离的笙箫竟也在不经意间吹响，离恨曾让他们悲不自胜。他便将玉环作信取代鱼雁传书，可分明说好的两地相思，他却兀自遗忘。盟誓是他所许，也是他所背弃。不忍想多少次玉箫"为遣相思梦入秦"，可他竟连梦中也不曾有一次与她相会。

韦皋连连哀叹，晚了十几年的伤心终于一并袭来，半生的戎马倥偬，他总是自豪地以为自己从未负过天下人，他以为平生无憾事，未料竟负了心上人。

后来，韦皋开始广修佛缘，铸佛像，以报玉箫夙心。韦皋甚至断了娶妻的念想，偶有闲时，便画起玉箫的小相。

故事讲到这里，本可视为休止，但在《云溪友议》中，却增了另一番滋味的结局，说是为求比目连枝的善意成全也好，说成狗尾续貂的浮笔浪墨也罢。人心多是柔软，也便不免对世间事都追求那么一份圆满。

为了不让韦皋与玉箫的缘分断尽，人们便又为他们的故事勾勒上了一抹玄幻的色彩：有一祖山人会招魂之术，韦皋为见玉箫便请求他帮忙。那人让韦皋斋戒七日，若是求见心诚，便有可能再会玉箫。

七日过后，在一个月影下沉的夜里，玉箫清魂果真穿过缭绕烟霭悄然而至。一成不变的她还是那个不知恨只知爱的人，玉箫笑着感谢韦皋，说是承他写经造像之力，自己旬日便可托生，十三年后将重为韦郎侍妾，再续前缘，以谢鸿恩。

转眼，又是十余载年岁。因韦皋二十几年治理西蜀有功，边疆各族人心归附，他便几度受加官进禄，官至中书令。

在某年韦皋的生辰庆典上，他所理境内各个节镇均送来贺礼，华衮之赠者有之，物薄情厚者有之，见多了奇珍异宝的韦皋早是习以为常。但这当中有一样“贺礼”却让他再也移不走视线：有人送来一名歌女，名为玉箫，一字不差。

那歌女在宴席上始终羞赧地垂头，韦皋连忙走近，歌女抬了头，对视的一瞬韦皋目眩魂摇。那歌女正是当年荆宝家的玉箫模样，除去眼下多了一滴泪痣，再无半分差异：同样软糯的声线，同样闪烁的眼睛，同样透红的脸颊，同样婀娜的身段。更让韦皋惊诧的是，在那歌女的中指上竟长着一个肉质的指环，那形状正与当年韦皋在临别前赠给玉箫的玉指环完全契合。

后来，韦皋与此玉箫结为夫妇，他们的故事被改编成了《玉箫女两世姻缘》，流传了世世代代。姜夔也将其写入了《长亭怨慢》：“韦郎去也，怎忘得、玉环吩咐。第一是、早早归来，怕红萼无人为主。”

其实，说是圆满的结局，多半是世人的自欺欺人，就像一面圆镜被砸得粉碎，无论再怎么拼接，终究是一面破碎的镜子。

被刻意修改了的故事，无非是人们搏斗不过当下境况，又不甘向悲剧俯首称臣，所以他们伪造了一场双赢的骗局。不论是弥天大谎也好，是无伤大雅也好，因为动了真心，便再不敢坦诚相见。

人们总是执着于向岁月的棋局要一场完胜，可谁又不是时光的棋子，看着别人的进退，流着自己的眼泪。

所以，有些故事读到一半便好，听一半，猜一半；信一半，疑一半；思一半，留一半。不该信的话不要轻信，不该等的人不要痴等，不该动的情不要妄动。

万里晴空，冰轮皎洁，山河大海一片安定。碑碣的字迹风化了千年已然不清，人世平淡的离合悲欢更迭不停，唯有秋水松涛一干二净。

可偏偏有些爱恋一旦涌起，便再也荡不平，哪怕她原本不是纠缠的个性……

3 昔日柳枝青　不着他人手

章台柳

韩翃

章台柳，章台柳！

昔日青青今在否？

纵使长条似旧垂，亦应攀折他人手。

凡是在形形色色史籍上留过名的女儿家，大多有一共通之处：她们比同时代的女子们多添了些英气。更确切地说像是轰饮酒垆后，把盛酒的容器狠狠砸碎在地，用石榴裙的袖口抹去嘴角的酒渍，满腔的血都直冲头顶，热到发烫，再与天地割恩断义。命是握在自己手里，法礼再多也不受限。她们可比男人们还要潇洒狠绝。

可以是桃花马上威风凛凛的穆桂英，番王小丑不足论，一剑能挡下百万的兵。也可是“闻君有两意，故来相决绝”的卓文君，别想她委曲求全，你若无心我便休，切莫虚情假意说着歉疚。还可以是怒目而斥的花蕊夫人，“十四万人齐解甲，更无一个是男儿”，分明是拱手让江山的君王昏聩，却毫无廉耻之心怨她“女祸亡国”，这一罪她绝不担待。

所以，相对于那些以夫为天、低眉顺眼的女人家们，还是这些烈性的更值得歌颂。人都言“士不可以不弘毅”，有些女子身上也是可以看到血性的。

若论礼教庄严，旧时女儿家成婚是凤冠霞帔、璎珞蟒袍，上一秒才拜谢完天地祖先，下一秒便要洗手作羹汤；喜悦与凄凉还未散去，此生的最大仪式便草草收场。她们的跪拜是一生只一次的庄重，反观身旁的男人们，或许在成婚大典之上还不忘憧憬着飞黄腾达后的三妻四妾，此间的锣声鼓乐再响于他们总是无足轻重。

似乎男儿生来便是要南征北战、平定八方的，而女人也只配当家理纪、执粗井灶。若是男儿功名不济则万不可责怪，陪他一同食荼卧棘才是贤妻。若是女子操劳一生朱颜辞镜，则夫家大可另娶，最终还可得个风流浪子的名声。物化女性暂且不论，实在难解千百年来的万千女性是如何忍受这一无耻的双重标准的。

韩翃的这一首《章台柳》读来着实柔情万种，是失散后的深情呼唤，是辗转四野的翻找，可细细品味起来便只剩夹杂着怀疑的责怪了。若是纯粹的想念他便只说想念即好，何必出言“亦应攀折他人手”来伤人伤己，让所谓的“忠贞”二字偷换了爱情的概念。

韩翃要寻的女子的确曾歌扇舞袖，可自从将身嫁与后便卸了红妆，纤纤玉手只作烧茶煮饭用。前世的浮花浪蕊她都忘尽，起誓有生之年都只为韩翃一人弹琴。可惜了，韩翃非但不懂珍惜，还偏要吟上一阕《章台柳》的“天机妙语”，局外人闻之喝彩，可她听来都是刻薄。

韩翃还未发迹时，曾与一位李生交往甚密。李生腰缠万贯，为人又仗义疏财，尤其爱结交有真才实学之人。韩翃就因诗作尚佳，被李生视为座上宾，极为尊重推崇。李生有一幸姬柳氏，艳绝一时，每每韩翃登门饮宴诗酒征逐时，她便自门窥听。久而久之，柳氏便为韩翃的才学深深折服，甚至几度袒露倾慕心迹，还同身旁的侍者道：“韩夫子岂长贫贱者。”

当柳氏的话传到李生耳中时，她非但没被冠以“水性杨花”之罪扫地出门，反而让李生有了成人之美意。又一场宴饮，李生让柳氏也列席，酒酣时分李生道明欲将柳氏荐与韩翃之意。李氏的绝色之姿加之阑珊醉意早让韩翃意乱情迷，他未加推辞便拜谢了李生，李生还赠予二人三十万钱以资花费。

转天酒醒，韩翃不禁责怪起自己为何糊里糊涂就受人如此大的恩惠，更何况这柳氏只与他有一面之缘，怕她是悍妇又怕她心机过重，韩翃不免提心吊胆地过着日子。好在二人相处了几日后，韩翃的顾虑便通通被打消了：柳氏温存贴己，既善吟古咏今又会穿针引线，诗词用典她都懂些，有寻常女子的平顺但骨子里还是骄傲多些，这样的她让韩翃越来越爱。二人夫唱妇随，琴瑟协调，莫不静好。

转年，在科考中被擢为上等的韩翃打算回家省亲。在临别之际，他同柳氏定好归期，伊人笑中含泪相送却也不催他早早归来。

韩翃还未走多久，安史之乱爆发。长安、洛阳接连陷落，城中百姓四散，年轻人逃窜的逃窜，只剩些老弱病残再拖不动疲沓的身骨，将死生都托付给了运气。

城中还有一人，是任谁也劝不走的，那人便是柳氏。只因曾同韩翃承诺，她哪也不去，就在家中等他回来。遍地狼烟，她不走；满城尸骨，她还是不走；直到有一兵痞玩味地盯着她看，她才真真生了恐惧。柳氏知道，在乱世里，美貌是会招来祸事的。

为在战乱中保全自己，柳氏将一头秀发通通剪坏，素爱艳色的她还换上了一席臃肿素袍，暂时寄身在附近的法灵寺中。她每日焚香诵经，待到外面战事稍平，便偷偷潜回家中，生怕若是韩翃早归，会因寻不到自己而心急。

木桌上被她堆了数不清的字条，张张都是一样的文字：“到法灵寺寻我。”柳氏每日都会新写上一张，她也不知道自己究竟在执着些什么，只是怕稍有一丝的差池酿成她与韩翃永久的错过。虽然常识也会提醒着她：墨笔印下的文字不会轻易剥落。

承诺的归期到了也过了，柳氏终于绝望了。

又过了许久，肃宗皇帝返归帝位，一切都像没发生过似的归于太平。离散的百姓从四面八方涌回城中，再看曾经坚守一座颓城的柳氏却已踪迹杳然。

迟迟归的韩翃终于想到去寻柳氏，他用练囊装了满满一袋碎金，并在娟布上写下：“章台柳，章台柳！昔日青青今在否？纵使长条似旧垂，亦应攀折他人手。”并以此为信物，托属下去寻找柳氏。

转眼又是数日，终于有了柳氏消息，原来佳人已被当时平乱有功的少数民族将领沙咤利掳了去。沙咤利恩宠正盛又是武将，韩翃较其位卑不敢找他理论，但一想起柳氏又常常心有不甘。

某日，韩翃独自一人向他们昔日的住处走去。行至半路，正看着一辆轩车迎面驶来，韩翃侧身避让，却听车中传来了暌违已久的声音：“得非韩元外乎？某乃柳氏也！”语罢，一个玉盒从锦窗中掉出，韩翃连忙去拾，盒中装着一块油脂，还有给那首《章台柳》的回诗：“杨柳枝，芳菲节，所恨年年赠离别。一叶随风忽报秋，纵使君来岂堪折？”最末是一句：“当遂永诀，愿置诚念。”

原本说好的暂别，竟这般变为了永诀。她等了他那么久，可最终等到的不是问候、不是想念，更不是牵肠挂肚，而是带着些怀疑的控诉，失约在先的韩翃竟还不忘质问是否“攀折他人手”。真不愧是她眼中著作等身的韩夫子，只是这一次的“不卜可知”用在她身上显得尤为讽刺，到底是被他嫌恶了。

柳氏心想着，哪怕她抗争着命运同沙咤利决裂，也可能在满身伤痕地投奔韩翃时被弃如敝履。同样是肝肠寸断的结局，不如给自己留些尊严。索性让这永别由她来说，自此后，往日所有恩情他们两讫，该舍的也别再舍不得。

看完了柳氏的绝情书，韩翃的歉疚之情翻江倒海地袭来，千言万语只汇成了一句：“我负卿！”

故事的最末，虽然圆满，却落了窠臼：多日后，在受邀参加一场宴席时，韩翃始终魂不守舍、郁愤不乐，席中有个名为许俊的武官上前几度追问他缘由，韩翃便将自己与柳氏之事说与他听。韩翃话音未落，许俊便已配上弓箭飞跨上马，直朝沙咤利的府宅而去。

许俊也非莽夫，他见沙咤利不在府上，便放声喊道：“将军暴病，召夫人前去。”继而挟着柳氏跨上马鞍，一路飞驰畅通无阻。当他们赶到韩翃跟前时，酒宴还未散去，举座见状皆惊。韩翃早顾不得许多，拥着柳氏就痛哭了起来。柳氏也仍爱着他，这么多年了还是记挂着，不争气地丢了自己也忘不掉他。

后来，此事闹到了皇帝处，皇上下了诏书，将柳氏还与韩翃，并赐沙吒利二百万钱才得了事。再后来，韩翃一路青云直上，以一句“春城无处不飞花”由皇上钦定驾部郎中，最终官至中书舍人。

至于柳氏，应该过得很好吧，有风骨、有勇气，只是她眼中的爱情再不是诗意的纯白。在忧患惊险中淡定冷静，在被委屈谗冤时自珍平正。她人是光明空阔的，以致那些蛮横的、劫毁的她都能受。只是想说若有来生，你爱不起她便别来轻易招惹，因为她若爱上你便敢爱上一生。女子，可以是忍辱负重的，女子，也可以是磊落恣纵的……

桃花扇中写侯方域和丽娘，他们二人也是在兵连祸结中失散的，多年后在山寺中复见，还未来得及跨越汹涌人海相拥，却听凌空一喝“佛地无男女情缘”，终不得再续前缘。这一故事听来残忍，却也真与人间事相近，而韩翃与柳氏的圆满反倒显得不再真实。

但无论如何都不妨碍我们爱那女子，爱她的痴心也爱她的绝情，爱她不是摇尾乞怜的哀恳呼救，而是身披风雨独自消灾得吉。毕竟在那样的年岁里，少有女子似她有独立的人格，敢决断，也敢放手。

据说沙咤利爱极柳氏，并独宠她一人，极尽体贴。每想到这里，我都自私地希望故事能在“我负卿”处结局。谁教韩翃曾以“攀折他人手”来揶揄，以致后世又以“章台柳”来喻轻浮之人。

想来故事里的事，也怕认真读；也由衷地希望以上的“甚解”，都是误读……

4 秋心拆两半　颍水再无岸

巫山高

卢照邻

巫山望不极，望望下朝氛。

莫辨啼猿树，徒看神女云。

惊涛乱水脉，骤雨暗峰文。

沾裳即此地，况复远思君。

多少恃才恣纵，蹉跎间湮灭于生命的残垣；曾有鲜衣怒马，满目朱城娇鸟啼花；几多人间快意，青虬紫燕坐春风、嘶骑向东；自谓骄奢凌五公，终难抵桑田碧海须臾改，徒留颍水青松在……

青衫不曾染尘，盛年振藻，领韵疏拔，他是初唐诗人，文坛之上，他可与王勃、杨炯、骆宾王比肩，世称王、杨、卢、骆“初唐四杰”。其文排律铮铮、气格遒古，其作《长安古意》之韵宛转芊绵，开阖古今、犹以气胜。杨炯曾言“吾耻居王后，愧在卢前”，坦荡抒臆，无关文人相轻。其间“卢”所指便是卢照邻，善工诗歌骈文，七言佳体不让子山。

卢照邻出身范阳卢氏，曾有北州冠族之谓，卢家是乔木世家，望门贵族自然是轩裳华胄，所以卢照邻不仅身处优渥，更是从小便接受着最精良的教育。仅十几岁就南下游学，先后师从大家曹宪、王义方。而后积极求仕，在邓王李元裕门下担任典签，并与其结成莫逆，更被称为邓王的“司马相如”。

卢照邻的风光一时无两，公务过后偶有闲情便喜泼墨挥毫、诗酒茶话，春风得意马蹄疾般潇洒恣意。可叹这样的日子并不长久，邓王早逝，使卢照邻不但失去了一位知己更失去了庇佑。此时那些嫉贤妒能之人的丑恶嘴脸便开始显现，他们排挤卢照邻，甚至构陷于他。卢照邻为求自保，只得重新寻觅安身之所，也让他开始重新审视自己的生活，光鲜过后、奢靡过后，他又曾真正得到过什么。

“寂寂寥寥扬子居，年年岁岁一床书。”这是卢照邻写在《长安古意》末节的两句，不同于之前所勾绘的济济京城，再无须屠苏翡翠、碧树银台 、玉辇纵横、罗襦宝带，只因他看尽了繁华绝艳、世味百态。宏伟扬雄如何，轰轰烈烈又如何，最终无非是清心寡欲、寂寂寥寥，怪只怪他参透得太早。罗帷翠被何及桂花袭人，卢照邻自我宽解着，归趣间已识真味。

浩荡长安、兴繁盛唐，此时他已深知扞格难入，早不愿再做停留，所幸有一被派往蜀地任职的机会，卢照邻便挥别了京城匆匆上路。再不见那钩心斗角的口蜜腹剑、官情纸薄，天府之国带给他的是满心满眼的熨帖宁静。山水之间、鳞波映日、新绿招摇，目下所及皆是画卷。他像阮郎那般忘乡，穿行山水，踱步黄昏。本以为自己早已睹尽这世间至美的风景，未料那场情萌意动正踏着款步姗姗而来。

那时的新都因一片园林而颇负盛名，林间设有驿亭，名谓“南亭”。林内有一“桂湖”因沿湖种满桂树而得名。卢照邻常在林间流连，看大自然的鬼斧神工将此间风物雕琢得美轮美奂，看清风涌动将桂树摇得万种风情，可此间一切美好却均不及她……

那日，卢照邻如往常一样，徜徉于园林湖畔，忽见南亭边伫立一抹倩影，那女子嘴角含笑，目光闪闪看着桂湖，她楚腰卫鬓，八百烟娇难胜她一艳，她与那南亭、桂湖堪称绝配，那般静默的庄严让人想问及她的心事却又不忍叨扰。她在那亭边良久，卢照邻便驻足在一处桂树下始终远望着她，时间宛若定格在无涯的荒野里，他不敢唐突开口，却又不甘就此沉默。

她整理衣袖准备离去之时都不曾察觉有人造访，直到卢照邻终于鼓起勇气向她走去。不知如何开口才能免俗，思量后卢照邻说道：“独有南山桂花发，飞来飞去袭人裾。”那女子先是一怔，随之莞尔，吐气如兰：“明日此地愿与君同游。”她离开了半晌，卢照邻才回过神来，恍然间竟不知一切是自己的臆想还是真实。

翌日清晨，他便早早来到南亭，那女子也果真未有食言。从那之后，他们便经常相约此地，共同闲坐赏景、桂湖放歌、孤帆远影，他爱写诗，她更爱他的诗。彼此间迷恋的情愫与日俱增，他们在至美的风景里携手挚爱的人，直到那时卢照邻才知晓，自己爱的从不是人间寂寞，也并非不食人间烟火，只是未曾得尝此等清欢简净的人间爱恋。

蜀地虽能予人平静安逸，却也因太过远世轻禄，带给了卢照邻志难酬的挫败之感。为了担负起一份责任，更为了让心爱的人能过上富足的生活，两年后，卢照邻终究踏上了回长安的路，他同那女子定好了归期，待到功成名就，能予她锦衣华服之时定会返蜀娶她。于是她应允，他返京，自此应了句那一生一代一双人，只得两地销魂。

不知独自挨过了多少长夜，等到了朱颜辞镜，他终究还是没来。她不信那个曾写下“得成比目何辞死，愿作鸳鸯不羡仙”的人会这样负她，若是连死都不惧，又为何不愿娶她。她要求一个答案，此时正逢骆宾王来到新都，她将自己与卢照邻的故事都讲与了骆宾王，想托他帮忙。谁料骆宾王闻此愤懑更胜她，甚至写下了《艳情代郭氏赠卢照邻》：“谁分迢迢经两岁，谁能脉脉待三秋。情知唾井终无理，情知覆水也难收。不复下山能借问，更向卢家字莫愁。”其间字字直指卢照邻的无义无情、始乱终弃。

殊不知远在长安的卢照邻此时正是风疾缠身，他早已手足无力，骸骨半死，四肢萎缩得寸步难移。而曾经的贵族卢家也早已败落到了积弱之境。他又何尝不是心心念念那女子，他又何尝不想风风光光去赴约，可叹天不见怜。“忽忆扬州扬子津，遥思蜀道蜀桥人。鸳鸯渚兮罗绮月，茱萸湾兮杨柳青。”愿明月寄情，愿她能感到那份厚重的想念与眷恋。

面对骆宾王的苛责，卢照邻不曾反驳辩白，只因他终究是辜负了。日复一日，余生在疾病的折磨下变成了艰难度日。卢照邻的病情愈发严重，他迁居到了深山之中，甚至命人为自己挖好了坟墓。回想此一生的林林总总，空有少年志气，终不得一展经纶；原以为金风玉露，却无能永以为好。

生若无欢何如死，“死去死去今如此，生兮生兮奈汝何”，在与亲属执别后，生无可恋的卢照邻投颍水而亡，时年四十。饮痛十余载，终得释然，入颍水的那一瞬间他甚至笑出声来，贫病终于无法将他折磨，深山也再无能将他囚禁，脱离了身体的束缚，此后他将是自由的，他要去蜀地，去南亭、去桂湖、去看她……

巫山、远树、惊涛、水脉。那段最鲜活的时光他都曾在山水中寄放，命运若也如风景般青朗纯粹，是否他也会心思澄明此生志在山水；或许正因世事高深莫测的诡谲，反而成全了他文字的熠熠生辉、千古华彩。

颍水那般清亮，亮得好似记忆中的桂湖，举目四望，竟望到了那抹熟悉的倩影。湮灭只在一瞬，水花飞溅，此生算我负你，来世换我在南亭等你。沾裳即此地，生死两相忆。

长安古意，怎及与尔执手遍游蜀地，秋心拆两半，颍水无岸……

5 同心结未成　江边潮已平

长相思

林逋

吴山青，越山青，两岸青山相对迎，谁知离别情？

君泪盈，妾泪盈，罗带同心结未成，江边潮已平。

林逋本是北宋初年著名的隐逸诗人，世人着实不解为何本不食人间烟火的他，会写出如《长相思》这般尽是缠绵悱恻、期期艾艾的词句。

吴越青山分立于钱塘江畔，两山各居两岸，俯瞰着征帆归舟的往来，也平静端看着行色匆匆的归者与离人，它们并不参与这人间所有的爱恨痴嗔，那样雄伟峻拔却也冷漠残忍。

在那一脉翠色的连绵里，两个有情人正依依诀别：他们的同心结还未结成、定情日还未谈妥，无奈钱塘江却无情涨起了大潮催着离别的行舟。于是君泪盈、妾泪盈，直到他们松开了双手的那一刻大江方平。

青山、江水本亘古如斯，在林逋的词中，却平白遭受了人间的嗔怨。该是怎样的离情，浓郁到让他只得在山水中寄放？

世人印象中的林逋清心寡欲，实不该为情爱所困；潇洒如他，本该难解“爱别离苦”，又怎能将那离情写得这般切身刻骨。但翻开张岱的《西湖梦寻》，也便能将一切归因寻踪。

在南宋灭亡后，曾有盗墓贼挖开了林逋的墓穴，贼人自以为林逋是名士，必然会用大量奇珍异宝以作陪葬。可开挖墓穴的结果却令他们大失所望：那探铲样的工具将土地翻了又翻，最终却只掘出了两个物件：一台端砚，还有一支玉簪。贼人无知，于林逋而言，除了这一生躯肉，万千种种无非身外之物。

林逋好诗文，将端砚贴身而葬并不难解。而那一支玉簪的出土，则将某种固有的思维、确凿的定论彻底颠覆，它也同时承载了无尽的猜疑和遐想。

有人条分缕析，有人抽丝剥茧：那支玉簪的主人会否是那《长相思》中红泪低垂的女子，又是怎样的伤怆让有情人生生挥别；或许林逋生来本有着凡尘的七情六欲，只是多了一些除却巫山不是云的执拗，若是想得的不可得，他也便什么都不再要。也或许那时发生的种种早已超乎了今人的认知，因为人们无从想象是怎样天机的道破、参禅的透彻，能够让一个凡人一生超脱。

成年后的林逋便不喜闹市，他隐居在西湖，结庐于孤山，葛巾野服、挂席为门，二十年都不曾涉足城市。远离了车马也贴近了贫苦，他有着满腹经纶，却只愿面朝黄土做一农夫。在孤山他亲自种了三百株梅花，一面自赏一面换些酒钱。

在百花凋零的日子里，独独他的梅枝鲜红艳丽，“疏影横斜水清浅，暗香浮动月黄昏”，他爱的总是那么一种不浓不淡的韵味，看那悠悠的斜阳一抹，看枝头的娉婷一朵挤着一朵，所有挥汗如雨的拓荒都变得充满意义，他承认，自己应是恋梅成癖。

“冰清霜洁，昨夜梅花发。甚处玉龙三弄，声摇动，枝头月？梦绝，金兽晓寒，兰烬灭。要卷珠帘清赏，且莫扫，阶前雪！”一夜霜雪催发了他的梅，不知谁人好兴致，奏起了《梅花三弄》的乐音，这琴声的撩拨竟摇动了高悬枝头的明月，穿行在相得益彰的风物里，他早已分不清谁该是浓郁、谁该是点缀。

再一觉醒来已是拂晓，炉中的檀香木已然奄奄，床头的灯草芯早剩灰烬。虽是在没了暖意的冬日，他还要卷起帘来外出赏梅，同赏的还有那积了整夜的阶前白雪，他最爱那雪的厚重与通透。“神清骨冷何由俗”，林逋的诗词里总是有着一种洒脱的克制。

每每兴之所至，林逋便会写诗，信手拈来、佳句天成，但在欣赏过后，则“随辄弃之”，旁人见状不舍，便劝道：何不长存，以慰后世。林逋则不以为意：吾志在布袜青鞋、晦迹林壑，今时已无心扬名，何须理后世浮名。好在有爱诗者在林逋将诗丢弃前便悄悄记下，方使得今世之人有幸得闻林逋佳作三百余篇。

除了坐拥大片梅林，林逋还养了两只白鹤，无论将它们放飞多远多久，不恋长空的时分，白鹤都会自动飞入林逋家里的笼中。偶有闲情，他便会泛舟于西湖诸寺间，所有的寻常日子对他来讲都是节庆：听高僧讲些欢喜苦厄，等远方一盏白衣送酒，没有什么杀身成仁的豪气，只有些无拘无囿的真意。

虽是隐士，林逋却从不拒人千里，任何人都可近他的身，却无从轻易解他的心。无论是何人来访他都欢迎，若是不巧他正离家，家中的门童便会代为接待，并开笼放鹤。离家的林逋若是见鹤盘旋天边，便知是有客登门，而后不疾不徐地一面赏景一面摇着他那小舟归家。

林逋以梅为妻鹤为子，又将云霞写了满纸，如此不滞于物的隐士，自然带着一种神秘，以致林逋名声一出，对天下文人而言便有着犹如六马仰秣的吸引。从薛映、李及到范仲淹、欧阳修等都是他的宾客，也都曾托白鹤给林逋带话。甚至连当朝皇帝宋真宗都知林逋大名，东坡居士更屡屡嗟叹于未能有幸与林逋共处于同一个时代，正是因为晚生那数十年的光景，他便只得在林逋的墓前抒情。苏轼自嘲着“身在江湖，心存魏阙”，他是着实想归隐，也是着实放不掉这凡俗。所以他崇拜林逋，就像笼中飞鸟，神往自由。

林逋其人，贵在平和，任何浓烈的、戾气的他都全无，他包容一切，并能像水溶于水那般自如。在林逋离世后，他生前所养白鹤竟盘旋在林逋坟墓周围悲鸣了三天三夜，可惜它们再没能得见那飘忽小舟载着主人归家的画面，两只白鹤最终因绝食双双死去，孤山上三百株梅花更在那一瞬重开二度，林逋的梅妻鹤子也都动了人的真情。

后来，朝廷勒令将孤山上所有的寺院、田舍、坟墓尽数迁出，他们要在此地大兴土木建造皇家寺庙，而林逋之墓却独独被保留了下来。他生前总怕扰人，所以无欲、所以隐居，那么死后世人也不该扰他，就让他永远拥有一片净土、让他永远做喧嚣里最缄默的震撼。有一种发自心底的敬畏并非仅仅来自征服，那么平和的林逋，却有力量让世人诚惶诚恐。

他的磊落、纯粹总是让人由衷敬佩，可林逋身后偏偏又有着那么多悬而未解的谜题，他应是懒得欲盖弥彰，只是不屑与世人分享，于是愈是一无所知的人便愈想探知他的神秘。人们不解他在浩荡皇恩面前的宠辱不惊，不解他一身才气却淡泊功名，不解他贩梅为生却平视王侯，不解他抛却所有生而为人的本能只是留下一个不染纤尘的背影。

林逋的存在，总是能反证出人性究竟有几多贪婪，却也能昭然一种极致平淡下的伟大。林逋曾说唯有青山绿水与其情相宜，于是他也将自己活成了山的伟岸、水的圆融。

宣纸在案，手边的一方端砚盛满了墨色，蘸上些心底事，点上些梅花色，伴着白鹤鸣音，燃上金兽瑞脑，解味人仍弹着那《梅花三弄》。他凝神落笔，挥毫完成了一首感怀诗作，读了一遍又一遍，他将那纸张小心折好，搁入匣中，陪着那支在黢黑处仍不忘发亮的玉簪，永远地安放。

有些事，虽然不再提及，但终会永世不忘。

6 因缘总难绝　他生嫁王昌

马湘兰挽歌词

王稚登

水流花谢断人肠，一葬金钗土尽香。

到底因缘终未绝，他生还许嫁王昌。

没能讲完的故事往往最动人……

它不让你痛彻心扉，也不给你轰轰烈烈，只是一味地蛊惑、吸引，让你忖度、陷落；让你脚步疾驰奔向一场盛大的欢愉或是悲戚，随后按甲束兵、中道而止。而此时，作为看客的你只能两手空空怅然自失，自讽着入戏太深而不自知。

马湘兰与王稚登的感情就像是一场没讲完的故事，他们的爱情里尽是克制与压抑，分明各自倾心却又刻意疏远，本可鸾凤和鸣又偏偏在彼此间横亘山海。没人纠缠、没人逾越、越爱越小心翼翼，于是关于爱情的故事他们从未得以携手谱得完满。

马湘兰是“秦淮八艳”之一，她的美不在皮而在骨。彼时的秦淮一带恒舞欢歌、美女如云，婀娜蹁跹者比比，而马湘兰却在这些红粉青蛾间艳冠群芳，并非因她有美撼凡尘之姿，而是她的锦绣才情足以倾倒大半个金陵。

她本是歌女，却从不接待粗人俗客；她在风尘里求存，却笃爱书画戏剧；她光鲜地迎来送往，却被寂寞折杀得萧然。

马湘兰在秦淮河畔为自己起了一座画楼，唤作“幽兰馆”，因她爱兰的清芬隽秀，爱兰的刚柔兼济，那兰也像极了她：怕光、喜阴，怕骄阳照到心底的秘密，怕热烈而后的永无宁日。

那日，她独坐幽兰馆，临摹着兰花，像是安静地维护着仅存的骄傲。对无人登门的时光她总是又爱又惧，她爱人们为她倾倒沉沦的眼神，也怕自己在那眼神中迷失，毕竟总是有人千方百计想要攻破她的坚守自持，她也不知这浊世能容她留下几分纯粹。

身后有脚步声响起，那并不连贯的步履充满着小心试探的意味。马湘兰回眸，正对上了一双温情的眼睛，没有浮浪不经，不是油头滑面。来人自称王稚登，还自嘲着是一位落魄秀才，马湘兰闻后粲然一笑，眼里尽是化不开的柔波，二十四年的冷暖人生，她自是深知何为落魄。

那是一场金风玉露的相逢，在那之前马湘兰从未同谁吐露过心声，而对王稚登她竟愿意和盘托出所有的脆弱与苦闷。“与君初相识，犹似故人归”，那一天，他们从孤松聊到春江，从台榭聊到蓬山，从水上鸥聊到天边月，从晚秋里聊到天寂静……

所有失意的日子都被点亮，他们是彼此的萤萤。一夜的东风将春送来，开了桃花，拂了尘埃；满池的浮萍散了还聚，藏着玄机，透着禅意；白日的画舫载着清歌，放出炉烟，互看眉眼。酒不醉人，人竟醉了千年。

后来，王穉登向马湘兰求画，意到笔随的她只用寥寥浓转淡的墨色便画出了一幅兰花图。王穉登接过画，眼色不禁从满满的期许转至暗淡，并非那画作拙劣，而是他看透了那作画者的心思。

马湘兰所绘是一枝生在峭壁上的兰花，柔弱而坚韧，她以兰自比，说着哪怕受尽风雨摧折，她依旧骄傲磊落，凡夫俗子休想见得她芳容，她只愿为一心人展露。而王穉登便是她的一心人。

王穉登透过画知道马湘兰有了以身相许的意愿，可反观此时的自己，两肩担一口，再无一长物，如此潦倒的他怎能担得起佳人的垂爱。王穉登若无其事地收了画，看着马湘兰失落的眼神，他的心也几度隐痛，他暗下决心，有朝一日定要出人头地，携锦衣金钏来娶她。那天王穉登早早便从幽兰馆中离开，只为竭力躲避着那双爱了几年的眼睛。

终于他等到了一个契机，大学士赵志皋举荐他进京参与编修国史的工作，王穉登将其视为大展经纶的绝佳机会，他甚至计划好了一旦在京城落稳脚跟，定要接马湘兰同住，鸳鸯双栖。所有关于未来的计划里都有马湘兰的影踪，他以为真正的爱便是许给爱人一个美好的未来，却不知马湘兰早已厌倦了浮华奢靡，半生活在风烟里让她只看当下，不敢想未来。

在临别的岸边，王稚登神采飞扬，马湘兰哀眉不展，各有各的心绪与心事，谁都不愿承认各自的奔波与疲累只是因为爱错了人。王稚登一路北上奔前程，马湘兰则在秦淮河畔彻底地闭门谢客："佛灯禅榻与军持，七载空房只自知。"兰总是怕太阳的，王稚登就是马湘兰的太阳，一旦被那光束照耀，随后便是不可逆的萎谢与枯黄。

那一方，入京不久、斗志昂扬的王稚登被重重地挫了锐气，他因遭人排挤，只被安排了一些打杂的事宜，在暗无天日的时光里忍气吞声。数十日后，王稚登彻底地认清了形势，除了编史的噱头外，这一工作毫无前程可言。

于是，王稚登铩羽而归，最后的一丝自尊不许他再去叨扰马湘兰。为了彻底断了念想，王稚登将家搬到了姑苏。那么美丽的人实不该跟着潦倒的他受苦，他以为这是成全，是放她去过更好的生活，可马湘兰却将与王稚登在一起的每一天都定义成了最好的生活。

"时时对萧竹，夜夜集诗篇。深闺无个事，终日望归船。"

彼时的马湘兰，已然相思成灾，她的良人藏在竹影里，藏在诗篇里，藏在她的眉头上，也住进她的心间里，却唯独不出现在她眼里。

本不该深情的，毕竟深情总被辜负。

她守着那么一点期待负隅顽抗，怕被时光刻上衰老，怕归人再识不得她容貌，只可惜她最终还是没能等来他的归船。

在王稚登七十大寿的那天，也是她爱他爱了三十年的日子。马湘兰买下了一条画船，载上秦淮近百歌妓好友直奔姑苏，船行之处，香溢锦帆，招摇而壮观。为让王稚登有个永生不忘的寿辰，那一天，五十七岁的马湘兰再施胭脂、重亮歌喉，一曲清歌、三十载衷肠，她只为他一人唱，王稚登听得老泪纵横。

从姑苏回到金陵后，本就病弱的马湘兰已觉心力交瘁。在一日午后，她命人在她座椅旁摆满兰花，她则在沐浴更衣后安坐其间，而后永远地闭上了双眼。有那么一瞬，她以为回到了过去，回到了初次相逢四目相对的瞬间，若是他再自嘲是落魄秀才，她定会说上一句再落魄我都愿嫁。

马湘兰的故事就这样匆匆谢幕，王稚登却才后知后觉地大放悲声，他倾尽一生的才学，为她做着挽歌，就像当初她用尽一生气力为他放歌祝寿。他曾抛下她北上，她便抛下他远走。最怕的就是欠了一身情债。

她画的那幅墨兰，他其实始终带在身边妥帖保存，他记得每一笔的力道，也记得纸张折痕的深浅；记得她骄傲的脸，也记得她每一句的嗔怨；记得她石榴裙的边沿，也记得她如丝的媚眼。他所有的记忆都在诉说着思念，他又何尝不是爱了她三十年。

院中的落花逐了流水，和树的缘分已然断尽，月榭风台生了蔓草，旧时的门户长了青苔。记忆混沌，数不清她已走了多久，他终于来了金陵，在她那画楼边葬下金钗，本买了多年想等红烛帐暖时相送；太阳正照着一枝已然枯败的兰草，照得他心悸又心疼，多像他与她，本不该相逢。

在她香消玉殒的地方，他许下诺言，若是姻缘未绝，来生定要娶她，毕竟今世已然负卿。一缕熟悉的香气扑面，像是耳语，像是安抚，秦淮之兰，至死也是温柔……

7 十载绳检外　楼台烟雨中

江南春

杜牧

千里莺啼绿映红，水村山郭酒旗风。

南朝四百八十寺，多少楼台烟雨中。

热闹扬州，人情慷慨，歌舞兴浓……

银钱如水流，在嘈杂的追捧声中追求体面；拥花眠柳，用满怀的温香弥补失落；酒饭齐宴，以珍馐相赠寻求入席者认同。仿佛这些年的失意都能被眼前的荒靡治愈，做不得英雄圣贤，也就休怨他忍把浮名换了浅酌低唱。

“秋山春雨闲吟处，倚遍江南寺寺楼”，仕途的蹭蹬，令杜牧被迫琴剑飘零，在江南足足浪迹了十余年时光。唯一幸运的是，江南大地总是有着能将百炼钢化为绕指柔的力量，它用一场场烟雨稀释着迁客骚人们的困苦悲戚，无论何种境遇：落拓四方的也好，心如槁木的也好，不管你在哪一方披了一身的不如意，凡是到了这里，尽可在如花似锦的妖娆里涤荡所有的怨气。

看水色山光，看银河倒泻，看千岩竞秀，看光怪陆离。杜牧便是在这里看到了南朝四百八十寺，看到了故乡七十五长亭，看到了二十四桥明月夜，也让人们看到了他诗文的陈厚奇变、流情婉转。

其实杜牧远没有他诗中所述那般潇洒超然，口说着“十载飘然绳检外”，他本以为拥有如此不为物役的生活是该庆幸的，可当真正卸下全部拘束后，他才发现真正所能拥有的就只剩“自献自为酬”的苦闷。

重阳节看着雁初飞，树影映在秋水里，他会感伤，会酩酊大醉恨落晖。夜泊秦淮，看着烟笼寒水，他会遗憾，会埋怨商女的隔江之音。徘徊云门寺外，淋了一场猛雨，他会惊畏，会联想起羽林军同样尖且冰的长矛……杜牧不停地写着怀古诗，虽身在林泉，他的这一颗心却永远地留给了朝堂。

杜牧是一个益友，他对自己却过分苛求。似乎是因为把所有的气力都用在了饶恕与开解他人身上，所以当他与自我直面时，便只剩求全责备。

张祜是他的腹心之友，在张祜被人刻意为难、力穷势孤之时，杜牧仗义执言：“谁人得似张公子，千首诗轻万户侯。”

在过乌江亭时，他在项羽自刎处长吁，好男儿便该包羞忍耻，于是他提笔写下："江东子弟多才俊，卷土重来未可知。"

他听闻过息妫夫人与石崇家的绿珠相类的故事，却并未满纸埋怨息夫人懦弱，他不将亡国之罪妄加在一个女子头上，而是悲悯地写着："至竟息亡缘底事，可怜金谷坠楼人。"

心怀天下的他试着理解所有为世人所不解的东西，试着体谅、原谅。他凭栏眺望着浊浪排空，将天下兴废事也一并看透。治世能臣、乱世奸雄，他手持着一本名册，将爱与恨各分给了天与地。没有敌意、没有敬意，抽去了所有主观的臆断，宛若这世间只他一人清醒。

可水天间尚有一线的模糊，顽石上亦能生出青苔。杜牧四处凭吊古迹，像一位老者般洞明万事的道理：他劝张祜莫要自轻，道非身外；他说项羽该秣马厉兵，卷土重来；他说息妫亦是伟大，应掬泪一把。可到了自己身上，杜牧反倒没了理性，他不能被轻视，不允许失败，也不愿被同情。他认为自己只能是非黑即白的，因为他太过骄傲，他的自尊心总是作祟。

杜牧确是有骄傲的资本，二十岁时，他便谙练兵事之道，且博通经史，有独见之明；二十三岁那年他作出《阿房宫赋》，笔力千钧、荡气回肠。二十六岁他进士及第，满袖春风、气宇轩昂。

要怨只得怨他生在了晚唐，也只能跟随着时代的大潮一同从最高处跌落，漏泥扬波后摔得粉身碎骨。那个时代成就不了他，他也拯救不了一个时代，于是他念念不忘着想要摧枯拉朽的信念，与那个时代共担了一个忌日。

杜牧是恨极了那无能为力的挫败感，本是一心报国的他竟一路被奸佞排挤，他意欲兴利除弊、为民解忧，可党同伐异的斗争旋涡却将他吸附于内动弹不得。缠斗、周旋，他竭尽所能地力挽狂澜，可结果总是毫无二致的屡战屡败。杜牧竟也早不知究竟是在哪一场鏖战里彻底输掉了傲骨，认了命。

没有更名改姓，却彻底变了性情，杜牧再也不是旧日那个意气风发、神采飞扬的少年。“落魄江南载酒行，楚腰纤细掌中轻。十年一觉扬州梦，赢得青楼薄幸名”。在扬州，他彻底颓废放纵、游戏人生，这一放便是十年之久。

倚翠偎红、放浪形骸的日子过得飞快，若是泡在杯酒里则更会让人迷失、迷醉。除去每一个头痛欲裂的清晨，无视骨子里呼之欲出的烦闷，速速奔向下一场烟花酒色里，这样的时光倒也还算惬意。人都给了这欢场，还拘什么志气、锐气、书生意气，无力守护的，便且任他沦丧。

杜牧开始与日奢靡，在宣州任职时，他听闻湖州有八百烟娇，便赶赴湖州玩赏。当地刺史闻之盛情接待，并找来所有名妓，各个娥眉曼睩任他挑看。穿行在环肥燕瘦间的杜牧，甄选了半晌，却只得出了个美则美矣，仍不够至善至美的结论。为了不让杜牧败兴而归，湖州刺使特地为他在江畔举办了一个所谓竞渡的活动，唤出全湖州的百姓都来观看，目的是能让杜牧在更多的人中挑到合眼的一个。

活动举办的当日，两岸人头攒动、肩摩袂接，杜牧走在人群里精挑细选着，可直到天边换上晚霞，他仍没能找到一个可心人。眼见着竞渡活动进入尾声，杜牧有些遗憾地垂头，正是眼帘低下的一瞬，他看到那寻了千百度的人。

一个老妇人，牵着一个女孩，不出十二三岁的样子，唇红齿白、楚腰卫鬓，美得倾国倾城。杜牧直白地向眼前的母女俩表明了来意及心意，几番交谈过后，看那女孩年岁尚小，杜牧便将娶她之日订到了十年期，并下了贵重的聘礼。

离开了湖州的杜牧，一直心心念念着那个只有一面之缘的女孩。可因位卑官微，他不可提出调任湖州的请求。在那之后，杜牧又相继出任了黄州、池州、睦洲的刺史一职，因种种际遇皆背离本意，他难免心猿不定。

待到杜牧终于被调任到湖州时，距与那对母女的约定已是十四年之久。再见到她们时，杜牧竟被告知，他所心心念念的女子已经嫁人三年，并育有二子。

杜牧知道是自己失约在先，纵是再遗憾也不可纠缠，他这一生的遗憾事已经不少，也便不多这一件。杜牧赏了些金银给那母女二人，并在她们离开后，写下了《叹花》一诗："自是寻春去校迟，不须惆怅怨芳时。狂风落尽深红色，绿叶成阴子满枝。"为何他总是误了那机缘，为何天总是夺他愿。

十年的扬州梦醒，杜牧终于留给自己一片平静。临死前，他自撰墓志铭，没有任何华丽的走笔，没有恰如其分的用典，也没有大开大合的出其不意，他没将最擅长的文字排列得张扬或是沉郁，行文低调得只似一白面书生的笔触。

写好墓志铭后，杜牧闭门再不出户，他将自己一生写就的全部文章、诗句都搜罗到了一起，将不满意的通通对火焚之。就这样，杜牧的一千多首诗作，最终只留下了二百余首，他曾说"楚人一炬，可怜焦土"，可自己此举，又何尝不是可怜文章。好在在他的外甥处还保存了二百余首。

该是怎样的狠绝，才会无有犹疑地割恩断爱。在那凉意蔓延到骨髓的日子里，都是他的文字在同他厮守、爱他如初。但他在死前，却将它们烧毁了十之八九，让此生的秘密都落成了灰烬。

烛影依旧摇着，他平静地伏案死去，再没人能读懂他，别来凭吊他，也别去打扰他。再有什么甚嚣尘上，再来什么尘土飞扬，都不能与他有什么瓜葛。他再不做那有心蜡烛替人垂泪……

今人猜测在江南的十余年里，杜牧都是强颜欢笑的。因为他是想将沉沙折戟磨洗的人，他是每闻笛响便忆起塞愁的人，他是游园也不忘看昭陵的人……而这样的人必将满心都是对盛世的追思、对自己的悲愤。

他越是沉沦越是愤懑，也就不问世事也不想清醒。待到他真正把愁绪理清，便只敢留下一句前事休说给看客们听，而他骨子里的悲凉一生都不会示人。

也有人揣度，杜牧或是真的有过堕落，纵观杜牧的踪迹，这种猜测竟也有着善意的影子。像是希望他能少些束缚，不必永远在道德的制高点上鄙夷自己的灵魂，本就已生不逢时，又何苦让身是道场。

“南朝四百八十寺，多少楼台烟雨中”，他又将多少心事，悄然寄放在了烟雨中……

结 语

“故人早晚上高台。赠我江南春色一枝梅”，读舒亶以前，从不知道原来苦闷与孤独可以这样表达，一枝梅便是他眼里的浮生。他在平静深处歇斯底里，他于无声处听静听惊雷，明明思念泛滥成灾，他却始终是不动声色的安然，不说想念，也不盼相见，只希望在高台之上看一场大雪，在漫山遍野的银白里等到一枝跋涉万里姗姗迟来的寒梅。

还有感性如蒋捷者，他用一生来听雨，跨过三千里地家国、跨过数十余载岁月、跨过毕生的林林总总还有郁郁悒悒。你随他悄然进入一种情境，在内里遨游也周旋，煎熬也释怀。一旦他行文休止，你便会回味绵长，戛然而止的无措全无，只剩畅快或是怅然。

另有人将送别也变得诗情画意起来，他纯净挥洒，字里行间都是向好的祝福。王观说“若到江南赶上春，千万和春住”。他颠覆了送别词一向的哀伤词境，听来总像是客套的叮咛，可再一细细端看，便知这并非他信手拈来，反而是一种思虑良久后的殷殷重托。

更有人“十上不第”，却仍旧在受不得一丝新鲜刺激的时代里引吭高歌：罗隐喜谈政治，口诛笔伐、刻薄尖锐，他向来不理圆滑二字，只要自己畅快了便好。罗隐粗暴的文字是平地惊雷，对哪里不满他就抛掷到哪里，听一声巨响以回应他性情里的乖张。惹火上身是常有的事，他不懊悔，谁教他生来便是要打翻一切。

更有甚者总爱与“鬼魂”为伍，开辟着“另类”诗风。李贺的出现唤起了人们关于吊诡索寞之境的审美，世人跟随他的幻想飞升仙境或是堕入尘寰。看他将东海之水倒入杯中打翻；看他将九州浩瀚浓缩成一粒烟尘；看他掐指便将沧海幻化成桑田；看他足踏瀛洲转身蓬莱……

那么多人，笔底烟霞，也倒峡泻河，他们以见心见性的文字让风沙有了风情，让天地多了血气，也让人间有了温度。他们的面目不尽相同，身姿却是永远伟岸，无论过去还是未来，他们的文字都将生生不息、永世绚烂。